野有蔓草

贾飞 著

中国言实出版社

图书在版编目(CIP)数据

野有蔓草 / 贾飞著 . -- 北京：中国言实出版社，
2022.4
ISBN 978-7-5171-4094-8

Ⅰ.①野… Ⅱ.①贾… Ⅲ.①散文集—中国—当代
Ⅳ.①I267

中国版本图书馆 CIP 数据核字 (2022) 第 043699 号

野有蔓草

责任编辑：宫媛媛
责任校对：张国旗

中国言实出版社出版发行
地址：北京市朝阳区北苑路180号加利大厦5号楼105室（100101）
编辑部：北京市海淀区花园路6号院B座6层（100088）
电话：64924853（总编室）　　64924716（发行部）
网址：www.zgyscbs.cn
E-mail：zgyscbs@263.net

经销：新华书店
印刷：北京中科印刷有限公司
版次：2022年4月第1版　　2022年4月第1次印刷
规格：880毫米×1230毫米　　1/32　　5.5印张
字数：100千字

定价：48.00元
书号：ISBN 978-7-5171-4094-8

目录

第一辑　行客秋风

写给一位老师　　　　　　　　003

写给一位佳人　　　　　　　　007

想念曾子墨　　　　　　　　　010

美丽福州人　　　　　　　　　013

想象力缺乏的夜晚　　　　　　016

十一月，青春在消失　　　　　019

百无聊赖的时光穿越你的身体　022

这一年的夏天，比河流还长　　025

被时光雕刻的早晨　　　　　　028

深入夏天的时光之刀　　　　　030

告别青春　　　　　　　　　　032

太空舞娘　　　　　　　　　　035

横躺在竹椅上的女人　　038

被岁月切割的黄牛　　041

离死亡还有一百天　　043

守候在凌晨两点的伤心酒吧　　046

造访记　　049

灰姑娘　　053

月光里的爱　　055

一张饭卡的自白　　058

兄弟，喝了这杯酒　　062

烈日下，牵马的姑娘　　065

照相的人　　067

监狱里的一只猫　　070

写给专科生的话　　073

请将诗歌的瓶子装满思想　　078

残缺的《红楼梦》　　081

打铁还需自身硬　　084

远灯 087

判决 089

成都街名里那些惊人的细节 093

第二辑　驰马观史

刘备三顾茅庐另有隐情 099

项羽：贵族少年出英雄 102

白起：战场名将抵不过一张嘴 105

曾国藩靠"作弊"发迹 108

苦命才子郑板桥 112

姜子牙老师是怎么"炒作"的 116

赵普：半部《论语》治天下 119

刘禅并不是"扶不起的阿斗" 123

文人都清贫，是真的吗 126

谢安：我是"富二代"，但我有分寸 129

别惊讶，陆游可是"官二代" 132

李白的飘逸与经济收入有关　　　135

杜甫："官二代""啃老"非长久之计　137

白居易直言进谏险丧命　　　143

考试牛人与文艺天才　　　146

杯酒释兵权　　　150

王莽其实是个改革家　　　154

赵括并非纸上谈兵　　　159

由孟郊引发的随想　　　163

聊聊翰林那些事儿　　　167

第一辑

行客秋风

写给一位老师

尊敬的熊老师：

　　见字如面。

　　这已是凌晨一点。外面的卡拉 OK 依稀还有人在歌唱。我刚看完一部电视连续剧，剧中描述的是一个感恩的故事。我泪流满面，想起了您。我想给您写一封信，问问工作顺利否，身体如何，女儿也该读中学了吧？

　　很早以前，就想给您写一封信。但多年未曾动笔，或许这已不是邮信的年代，遂一直未能如愿。熊老师，我从没忘记过您。您的指导、您的鼓励、您的关怀……

　　还记得第一次到班上报名，天空下着蒙蒙的细雨，我穿着一双拖鞋，白色的半裤满是泥浆。您看着我，摸了摸我的头说："你就是贾飞啊，听原来科任老师说，你很调皮，来我班那可不许……"听完您的话，我憨憨地傻笑。

开学后，您对我十分照顾。给我安排最好的位置，上课经常抽我起来答问。那时，我是一个调皮不听话的孩子，每天中午都会和隔班的同学到学校后面的坟林"炸金花"（赌博），乐此不疲。您知道后，狠狠批评了我，还"命令"我每天中午必须到寝室做一小时作业，让我远离赌博。每一次考完的试卷，您都会监督我把错题重新改正，叮嘱我做题一定要认真负责。一次外语测试，我侥幸考了满分。我拿到卷子迅速扫了一眼，就甩在抽屉里，出去疯玩了。后来，您问我，卷子重新看了没有，我无以回答。您将那份满分的卷子展开后说："你看看这里，这一句语法严格说来是可以扣分的，你怎么不仔细检查一遍呢！世界上没有绝对的满分！"看着您严厉的表情，我心里面特别内疚和悔恨。

一个夏天，我与高年级同学打架，受了伤。您严厉批评了我，之后又心疼地问："现在好些了吗？以后别打架了，对大家都不好。明天起，老师请你在食堂吃两周的肉，补补身体！"我不知道怎么形容自己的内心，那一刻我很感动。我的父母，在我六岁时，就出去打工了。老师，您对我的关怀深如父母。那两周吃着您给我买的粉蒸肉，我无比感动，眼里满是泪水。

庆幸，那一年多没让您失望。我一直高居班级第一名，考得最好的一次是全县第一名。看着我学习上的收获，您开心地笑了，逢人就夸我是您最优秀的学生。

可是后来，我转了校，再也没好好学习，和一些所谓的"问题"学生制造了许多的问题。再后来，我没能考上理想的大学。

记得高考后，我回到故乡，在镇上见到了您。您还是那样热情："贾飞，考得怎么样？有没有650分？"是的，您一直把我当作最优秀的学生看待，对别人都说我聪明、待人真诚。可是，高考败北的我的确让您失望了。

今年，弟弟高考。我到了渠县，便给您打了电话，您迅速就猜出是我。我很感动，也很愧疚。这几年一直不好意思联系您，觉得自己没有脸面见您，辜负了您对我的期望。您请我在渠县后溪沟的洞子口附近吃了饭，还坚持要我和您一起去吃别人的酒。您说："到老师这里，什么都不要客气。"您告诉我，教过这么多学生，每一个学生都是您的孩子，但您心里最牵挂的有两个，其中一个是我。我不知道怎么表达自己的感动。我好想对您说，熊老师，其实我一直都没忘记过您，平时和家人谈论时，常会提起那些年，您对我无微不至地关心……

这时，外面似乎安静下来。我走到窗前，竟看到一颗流星。

熊老师，或许您正如天空中的一颗流星，在我生命里出现的那一瞬，便是永恒！

学生　贾飞

2008 年 8 月 30 日凌晨

写给一位佳人

> 一生一代一双人，争教两处销魂。相思
> 相望不相亲，天为谁春。
>
> ——纳兰性德

亲爱的：

见字如面。

外面电闪雷鸣，雨很大。我坐在网吧的一个角落里，正给对面的你写信。这封信，将穿过岁月与年华。

是的，没有谁知道，你就坐在我的斜对面。你剪了刚流行开来的发型，眼睛很大，像是晶莹的宝石。你的手指白嫩细腻，轻轻敲击着键盘，似蜻蜓用翅膀点着水面。

你时而用手托着香腮，注视着电脑屏幕；时而紧抿着嘴唇，仿佛在思考着什么。

我从几台电脑的缝隙中，可以看到你一直都没有注意到我。

其实，以前我是见过你的。那时，你留着一头长发，穿着那件黑色紧身服，匀称的身体线条，就自然展露在我的面前，仿佛三月袅袅娜娜的杨柳。印象中，你一直都没有化过妆。你属于那种"清水出芙蓉，天然去雕饰"的女孩。

记得，你常独自一人，从九舍楼下经过，像一朵美丽的水莲花，飘然，美丽，倾心。有时，我在学校的路上碰到你，会忍不住看你，有点失措，有点忐忑，还有一些紧张。

此时，你将身子靠在椅子上。这是黑色软卧的椅子，你似乎感觉很舒服。或许你有点累了，或许在想着一些事。这些事，是我所不知的。我揉了揉眼睛，用手指摸了摸油腻的鼻梁，然后在心里对自己说，你有没有勇气，有没有勇气走进她的世界，或者她的生活。

我感到很慌张。是的，慌张得就像遇到猎人的小白兔，心里面怦怦地跳。看着你三七分开的头发，柔顺，黑亮，它们有着茉莉的花香。这些花香不可想象，也无法品尝。

一次，我在市区的站台等车。站台处有一个老人，两个小孩，还有一位妖艳的少女。他们强烈的反差，和这个夏季的天气一样，没有定数，不可预知。一辆车停了下来，那不是我所要乘的。车里下来一群人，意外的是其中有你。你从车里出来，站到我的身旁，洗发水的香味，弥漫着我每一根神经。你站在那里，不说一句话，但我可以清楚看到你美丽的轮廓。那一刻，我温暖如春。

"别时容易见时难。流水落花春去也，天上人间。"

再一次看你，不知你在听些什么。是歌曲，还是别的。你的嘴唇就像奶酪，就像巧克力。你露出雪白的牙齿，整齐精致，就像美玉，或贝壳。我靠在椅子上，定了定神。是的，我找不出写你的任何词语。那些华丽的词语，在你面前就像小丑。你颈项下的肋骨，洁白，毫无瑕疵。《圣经》说，女人是男人的肋骨所变。那么前世，你是否曾是我的肋骨？

雨水就像一场梦，来与去都是必然。亲爱的，如果你是我的梦。那么，我必须在梦醒之前，赶赴下一段旅途。如果你是我的一颗流星。那么，你在我的生命中会照亮一秒，还是永恒？

握住你的内心，给我一个春天。

贾飞

2007 年 3 月 27 日

想念曾子墨

小刀说，想念一个人，是没有办法的事。正如抽一支烟，喝一杯酒，品一壶茶。而想念曾子墨，就像接受一场春风的洗礼，淡淡的，有点温柔，令人遐想。

第一次见曾子墨，是观看凤凰卫视的《凤凰冲击播：社会能见度》栏目。那时的她：嘴唇红润，如五月之樱桃，晶莹剔透；眉毛轻舒，似三月之柳条，流畅柔美。牙齿如玉，象牙般洁白明丽；黑发似墨，瀑布般清秀顺滑。她吐字时，给人一种冷冷的味道。我想，这是一个多么清冷的女子呀。

后来，我会习惯性翻凤凰卫视，看她的节目。从她的主持中，我看到了社会底层的某些侧面，也对当今社会有了知性的思考与探索。她每一次冷而美丽的提问，都让人感到犀利与独到。

之后，我会不经意去了解这个女人。也知道了她18岁之前，一直没离开人大的圈子。大二那年，她以全北京托福最高660分踏入美国的"常青藤"名校达特茅斯学院。大学毕业后，加入摩根士丹利银行，成为一名出入华尔街的分析师。4年之后，回到香港，主持《财经点对点》《凤凰正点播报》《凤凰冲击播：社会能见度》等。就是这样一个传奇性的女子，幸运似乎一直围绕着她。可是这些幸运，并没有消磨她的意志。正如她自己所说，她每周要看完一本书，写一篇文章。

前不久，子墨出书了，名叫《墨迹》《生命之痛》。她告诉我们，她要把《墨迹》的稿费都捐出来，在青海建一所希望学校，让那些渴望读书的人能够上学。是的，她不仅美丽而且还善良。她到偏远山区采访，看村民的日子过得太苦，就往外掏钱，身上有多少钱，就拿多少出来，1000元，2000元。有次一下子就给一个患重病的孩子留了7000元……

确切说，想念曾子墨，想念这个词用得并不恰当。因为，压根我就没有握过曾子墨的手，没有见过她的人。但我还是要想念她，正如小刀说，想念她是一件没办法的事。

曾子墨说，她喜欢王菲、莫文蔚和陶喆，常被齐秦音乐中的感情深深打动。我想，她是感性的，正如我喜欢曾子墨、李清照和宋祖英，总被王杰的歌声，感动得一塌糊涂，那么我也是感性的。

因为感性，所以想念。想念曾子墨，就像夜里的一场梦，无法阻挡。

美丽福州人

毕业来福州已有两年，工作换了一次又一次，房子也搬了一家又一家。这不，最近我又辞职到了一家策划公司上班。公司领导本承诺包住宿，但近来房子不好租，便补贴了一些钱，让员工自行找房。于是，我就到处托朋友帮忙找房子。自己也暂时将就在农贸市场附近的一个老旧小区，租住了一个 30 平方米的小屋。

这个小区住的都是从乡下来福州做生意的商贩。他们有的在卖蔬菜，有的在卖廉价的衣服，有的做海鲜或水果生意，等等，大家起早摸黑，十分辛苦。他们住得很乱，不讲卫生。就拿我对面的邻居来说。他是一个卖冬瓜的，平时就把库房当厨房，还当卧室。一家人挤在房间里，沉闷、拥挤，生活的艰辛，不言而喻。

同学小赵到我这里玩了两天，心疼地对我说："贾飞，你受得了这些苦吗？好歹你也是个大作家，还是白领，工资也不低，重新找个房子吧！"

"唉，现在房子不好找，将就住一段时间吧，再说朋友们不正给我联系吗！"小赵听了后，拉着我的手，答应一定在最快的时间帮我找一间好房子！

那天是周三，我骑车回家，不一会儿就接到电话，原来是朋友张寒来福州了。于是，我便立即去火车站接他。

接到张寒后，我们又一起去找小赵，几人一直玩得很晚，就没有回家。第二天，我下班出公司时，才猛然想起自行车忘了锁，还放在租房的楼下。我想，肯定完了，自行车一定被人偷了。当我回到小区时，邻居看我回来，就立即几步走上前，用福州话对我说着什么。我愣在那里，尴尬地笑着，并指了指耳朵，示意听不懂他的闽南语言。这位头发斑白的老人，心领神会，于是指着他的库房，用带有浓重地方口音的蹩脚普通话说："你昨晚没回来，自行车又没锁，我怕丢掉了，就给你推进屋里，现在我就去给你推出来！"

接过自己的车，我心里有说不出的惊喜和感动："谢谢大叔！真是麻烦您了！"

老人笑了笑："大家出门在外，互相帮助应该的。

再说，我们是邻居，也算一家人！"

还有一次，我在外办事，很晚才回。当骑车到小区巷子时，楼下邻居开的小店正在卖面条。我停下车，让女老板给我来碗面条和凉虾。不一会儿，面条就煮好了，装在塑料袋里。我正准备付钱，女老板提醒："小伙子，下午你不在家，社区派人通知明天要停电停水，做好准备！"说完后，她递给我两根蜡烛和一盒火柴，并嘱咐需要水，就到她的小店里去提。

接过火柴和蜡烛，我很感动，心里有一股暖流在汹涌。像这样类似的事，还有很多。譬如，下雨时邻居会帮我把衣服收好，避免淋湿；台风来袭时，邻居会提醒我关好窗户；倘若我的门锁坏了，还免费帮我修理；等等。

一个月后，小赵打来电话，激动地告诉我："准备请吃饭吧，我帮你联系到新房子了，精装套间，家电齐全，楼下还有花园、游泳池，环境挺美！"我淡淡地笑了笑，对小赵说："谢谢你的帮忙，这里住着也不错，就像一个家。虽然环境一般，但这里的人善良、温暖！"

想象力缺乏的夜晚

这是一个想象力缺乏的夜晚。

你坐在窗前，想起《三毛文集》里的一句话，长大后，我要当一个乞丐，做一个自由的人，可以去拾新奇的石头和鲜艳的花。于是，你的内心就像伸手不见五指的黑夜，迷失了方向。

记得很小的时候，你坐在乡村的田坎上，望着远方。刚收割完稻谷的农田，呈现出一片空旷与苍凉。风清新地吹着，还带着泥土的味道。蓝色的天空，游动着几朵棉花似的白云。田野间，时常会有一个赶鸭人，握着一根长而轻巧的竹竿，专心地看着千余只鸭子，在刚收割完的稻田里，踊跃地吃着不久前掉落下来的稻谷。旁边还放着一个竹条制作成的可移动的棚子。

那时，你就想长大后要做一个赶鸭人。你站在田埂上，握着竹竿，守卫着你的鸭子。下雨了，你就住在竹棚里，倾听滴答的雨声。太阳暖照的日子，你坐在田边的草垛上，看成群的鸭子，会欣慰地发呆。

时间流逝，悄无声息。最后，你没有成为赶鸭人。每一次，回到故乡，你站在村口，望着空旷的稻田，等待良久，也见不到童年时守卫在田边的赶鸭人。

远处的部分农田，长起了茂密的野草。你转过身，奶奶会告诉你，年轻力壮的村民都去了外省打工，剩下的不是老人，就是小孩。田地没人耕种，荒芜了，也寂寞了。而那清晰的赶鸭人形象，已隐没在这无端的岁月中，就像一滴水、一个意象。

你突然想起《长江七号》里小男孩的那句话："长大后我要当一个穷人，穷人不撒谎，不打架，不骗人。"可看着村里的景象，你感到茫然。这个村里的穷人，有的去了沿海，有的坐了牢，还有的在外面做着见不得人的勾当。而剩下来的村民，仍旧守着这黄色混沌的土地。他们黝黑的眼睛，就像灰色的天空，找不到光亮。有时，你会看到一堆孩子，或一位老人站在田边，兜里揣着还有着泥土的脏手，在那里遥望。遥望山外的路，遥望山外的人。

你开始觉得自己走失了，走失在城市里，或走失在一段岁月中。家乡的一条河流、一棵树、一幢瓦房，或一个消失了的赶鸭人，都让你内心颤抖和彷徨。你从乡村走出去，从巍峨的山下走出去，可你带走了什么？是带走了"我是穷人，我不撒谎，我不打架"，还是带走了"我要做一个乞丐，我要做一个自由的人"？

你伸了伸腰，背有些疼了。外面漆黑一片。

你知道，这又是一个想象力缺乏的夜晚。你坐在电脑屏幕旁，眼睛有些胀痛，视线有点模糊。夜幕下，你站起身，走到学校五楼的阳台上，看到远处城市的街道上，依旧是人来人往，车来车往。

是啊，这不正向我们预示着：亲爱的，你要相信，这是一个繁华的时代。

十一月，青春在消失

我打十月穿过，触碰命运的肩，不知不觉已是冬天。昨天已经过去，这样说的时候，我不带有任何的悲欢。是时候该整理自己的青春与行囊，好好找一个地方，把他们小心安放。

我看着天边的云朵。那些被叫作流云的晚霞，正渐渐地隐去。黑暗已在不远的地方，铺开了它的帷幕。

她拍了拍我的肩膀，眼睛紧紧注视着我。

"你在看什么？"

"云朵。你看天空的云朵多漂亮！"

她站到我的身旁，用手指扣住了我的右手。

这个在流云下面的女子，她以前是什么模样，其实我一直都不知道。因为曾经的自己与她，只是不同方向的两朵流云，在各自的轨道上描绘青春。

她对我说："你知道青春有多长吗？"

"你的头发有多长，青春就有多长！"我这样回答。

"呵呵，你怎么不说胡子呢？"她笑了，就像春天里红色的花朵。

这已是十一月，风雨如期而来。

我从口袋里掏出一支烟，点上，火光一闪一闪，这让我想起夏日的萤火虫。是呀，萤火虫，儿时与小姑娘一起去捉的那种萤火虫。

烟雾，开始弥漫开来。

我弯了一下腰，背有些疼了。

她仍注视着天边的云朵，仿佛有些痴了。人生多么短暂。当我们发现时，就不顾一切到上苍那里祈求，祈求多给自己一点时间。可生命它还是要终止，就如眼泪，终究要干涸。

这是个寒冷的冬天。我想也应是启程的日子。

扔掉左手的烟，用右手积攒起所有的温暖，分给你，亲爱的，我不曾松开的姑娘。你知道吗？其实我是一匹瘦马，怀揣着内心多年的颤抖，正向你的领地奔跑过来。

你说："十一月，就让我暖和起来吧。因为，我要将这份温暖，分给我的父亲和母亲，以及兄弟姐妹。"

我盯着你的眼睛，有一些痴迷。"那行走的路人呢，给不给他们祝福？"我开始问你。

你看了看我，沉默了许久。于是，我拥住你的身体，久久不发一言。

天空的云，开始散开。

我理了理你凌乱的头发，对你说："就这样抱着。"

"抱着吧，忘了那些人，忘了那些事。"你微笑着对我说。

我们开始沉默起来。

十一月，两个看流云的孩子，他们清澈的眼睛里，有着无法言语的忧伤和希望。

十一月，一列火车尖叫着驶向远处，那所谓的远处，是堆放青春的地方。

百无聊赖的时光穿越你的身体

　　一个人，盲目行走在校园每一个有树荫的地方。心情，如这夏天的风，不知道什么时候起，不知什么时候停。脑海，就像一只装着苦涩咖啡的杯子。那些往事，在时间里化为灰烬。

　　一个年老的妇女，提着蛇皮口袋，蹲在垃圾堆里，专注地看着流淌在骨头里的命运。在她的身旁，有一些塑料瓶子，一些硬纸壳，还有一些生锈的钢丝。

　　我看到了她的头发，像米一样雪白的头发。这些头发，在若干年前是黝黑的，还有着淡淡的香味。可如今，却早已失去光泽。

　　这个女人，仔细找寻着垃圾堆里的塑料瓶子。那些瓶子上还有着"统一""农夫山泉"的标志。

　　这时，路过一个年轻的少女，擦着鲜艳的口红，裸露着半个胸脯，还牵着一个男人的手。少女捂着鼻子，把头偏向男人的怀里，加快了脚步。

一个小男孩，诧异地看着离开的少女，眼神中有一种迷糊。他伸出小手，蹲下身子，捡了一个可口可乐的旧瓶子，就开始喝瓶里的水。头发花白的妇女，立即朝小孩吼道："放下，脏得很！"

小孩以一种无辜的眼神，盯着妇女。他翘着嘴唇说："奶奶，脏，您为何要捡那么多？"说完后，小孩背着小手，朝着有花草的地方，蹦跳而去……

天空阴暗下来，还掉起雨点。

一些行人，加快脚步。有的用一本书或其他什么东西遮住额头。有的早有准备，撑起一把雨伞。还有的撑起自己的衣帽，在雨中奔跑。

雨下得有点大了，还夹着阵阵雷声。

垃圾堆旁的妇女，看了看天空，有一些愠怒。她匆忙地装着瓶子和硬纸壳。小孩跑到旁边，喊道："奶奶，下雨了，我们回家……"

这时，雨水打湿了我的衣服和眉毛，也打湿了我的青春。

一个朋友拍了拍我的肩膀，"在雨中做啥？"

我看了看她，她撑着一把白色的伞，穿着一件裸露着半个胸脯的上衣，"刚出来，就下雨了。"

她看了看我，"还愣着干吗，到我的伞中来。"

我回头看了看垃圾堆旁的那个妇女，百无聊赖的时光，仿佛正在穿越她瘦弱的身体。

这一年的夏天，比河流还长

亲爱的，你知道吗？这一年的夏天，比河流还长。

你说北方的城市，有盛开的花，还有凋谢的年华。可是，亲爱的，我再也不能在一个人的世界里，让烟灰燃烧到天亮。因为幸福已走远，快乐亦销声匿迹。

亲爱的，我又一个人走在寂寞的小巷中。

这条小巷，依然没有你的影子。

我看到一个撑着油纸伞的姑娘，她的头发比岁月还长。我看到姑娘用白皙的手指撩了撩鬓发，又轻轻放下。

我还看到一个年老的女人，手提一个破旧的竹篮，在小巷里蹒跚又摇晃。她似乎唱着一首年轻的歌，那首歌是我童年所唱的歌。

亲爱的，你知道吗？我看到她脸上的皱纹，就像母亲脸上的一样。我想，若干年后的今天，你也会像她一般。那样，我就会说："亲爱的，你也老了。"

亲爱的，我还看到了一个乞丐。他伸出满是灰尘的手指，用乞求的眼神，看着路过的每一个人。他张开嘴巴，露出黄而黑的牙齿，可却不能说一句话。我想，他或许是一个哑巴，不然怎能从他眼神中看到无尽的绝望？

这时，一个小女孩，拉着母亲的手，欢喜地走来。她远远看到了乞丐，然后问："妈妈，那位叔叔好可怜，咱们帮帮他。"母亲蹲下身来，亲了亲孩子的脸蛋，"小乖乖，你怎么帮他呢？"

"把给我买灰熊的钱，给叔叔好吗？"

于是，小姑娘接过了母亲的钱，蹦蹦跳跳地跑向了乞丐。

"叔叔，给，你拿去买吃的……"说完后，小姑娘在乞丐的脸上，留下了一个吻。

乞丐的身体抖擞了一下，他的眼神呆滞了好一会儿。

接着，小姑娘拉着母亲的手，在小巷中消失。

可是乞丐的眼中，却渗出泪水来。他用舌头舔了舔泪水，笑了。他的笑，在这个夏天显得格外美丽。

亲爱的，我突然之间不再忧伤。

我看到一个又一个路过的人，给那不能说话的乞丐送去温暖。而我近似黑暗的心，也渐渐明亮起来。

亲爱的，我开始回忆起相识的那一天。

那个寒冷的早晨，我们在北方的一个车站相遇。不胜严寒的我，流起了鼻涕。坐在旁边的你，递给我一件棉绒大衣，"出门时，要多带件衣服……"

亲爱的，一个人的忧伤，总被温暖融化。

就在这条寂寞的小巷，我见到了如你一般美丽的姑娘。他们说，还有一个又一个同样的姑娘，正在来自北方的那列火车上。

被时光雕刻的早晨

亲爱的，你知道吗？这是一个微冷的清晨，我蹲在站台上，偶尔吹来的一阵风，让我无法抵挡。亲爱的，我已病得不轻，如寒流般的鼻涕，从鼻孔里掉了下来，身体感到前所未有的疲乏。

奔驰的车辆，来也匆匆，去也匆匆。

过往的行人，露出虚伪的微笑，仿佛一把无形的刀。

一个美妙的少女，走到我身边，停了下来。她穿着浅绿色的衣服，头发染得鲜黄，耳垂上挂着两个发亮的耳环。一束阳光照在耳环上，发出强烈的光。

这时，一辆车开了过来。女郎开始向小车跑去。她等的就是这一班开向远方的客车。

车门开了，女郎上了车。我把脸朝向另一边。火红的太阳，已挂在天空，城市的每个角落都似乎光亮起来。

"啊……"我听到喊叫声，似乎是呻吟声。顺着声音的方向看去，原来那个美丽的女郎，从车上摔了下来，仰面朝天倒在地上，她似乎晕了过去。那一辆客车，先是停了一下，司机伸出头来，看到这个落地的女郎，好像明白了什么似的，呼地一下开走了，就像一阵风。

我看了看那个倒地的女郎，她似乎还没醒来，右臂上流出血，染红了地面。过往的人群，没有谁停下，依旧赶着自己的路。有的偶尔看了一下这个女郎，有的摆了摆头。我不知道怎么了，鬼使神差地走近她，把她扶起。

她醒来了，我从兜里掏出一只手帕，绑住了她的臂膀，"没事吧？到医院看一下。"

她始终不说一句话，美丽的脸，在这个夏天没有光彩。

这时，我要赶的车到了。

我知道，一个路人的付出，只能这么多。

上了车，我离开了女郎。

窗外的夏天，来得更为热烈了。

深入夏天的时光之刀

亲爱的，你知道吗？这是一个干净的广场。一群人，在一个角落里围成一圈，他们伸着脑袋往人群中心看。他们在看什么呢？亲爱的，原来正有一个戴眼镜的孩子，在嘶哑地歌唱……

亲爱的，我看到地面上用粉笔写着一行行清秀的字："我是一个来自贫困山区的大学生，家里无力凑齐上万元学费。于是，只能借暑假到街头为你们歌唱，希望能得到好心人的帮助……"

亲爱的，我突然想起杂志上看到的一个故事，内容是冬天里一个诗人，在大街上看到一个盲人乞丐。诗人看到乞丐落魄的样子，非常同情。于是，诗人就拿出笔，在乞丐身旁的纸板上写了一句话："又是一个冬天了，我多想能看到那纷纷扬扬的雪花……"

是啊，那个盲人的小小愿望，却是他一辈子无法实现的愿望。

亲爱的，我看到围着的人群中，有一些戴着眼镜的高级知识分子，也有一些浑身是尘土的民工，还有一些满脸是皱纹的老人和化着浓妆的少女……

亲爱的，这个唱歌的孩子，或许他已不是孩子了。他戴着一副深度眼镜，嘴角处有一颗微小的痣，唱歌时露出洁白的牙齿。我听到这样的歌词："为了谁，我的兄弟姐妹不流泪……"他的歌声显得沧桑，又有一丝无奈。

围看的市民，有的开始散开，有的拿出钱朝纸盒丢去，有的在小声谈论他的来历，有的蹲下身看他的身份证件和获奖证书。

亲爱的，我开始感到恐慌。我能拿什么去帮助这个孩子，这个想法让我的内心在这个夏天不能平静。

亲爱的，我要走了，要离开这里。我没有什么，可以给这个孩子。我就像路旁的那盏灯，除了远观，什么也不能做。

告别青春

告别青春，我说。

你对我的话不置一词。

这个四月，没有春雷，没有乌云。我将对青春的沉默，熔成火焰。你漠然地看我，眼神里没有光亮。

你问，青春是什么？

其实，青春只是一个关于四月的造句。青春，带给我忧伤，带给我绝望。

一次雨中，我们并排走着。你在左面，我在右面。或你在右面，我在左面。雨水湿润温凉。

我说，青春就是这雨水。是必需的，偶然的。我们只是雨中的一部分，雨过之后，就会消失。

你说，青春，能否停留，能否永恒？我对你的话，不置可否。为什么，你要留住青春？青春只是时光的刀，将你的幸福切割。在某个夏天，或某个冬季。

我想起，有一次在桥头，看到一个头发花白的老人，干裂着嘴唇，含着一支烟。他的头靠在石头上，目光暗淡，看着远方，也仿佛在看我。我走了过去，紧紧盯着他的眼神，却始终不发一言。

我想，他是不是在怀念青春。其实，青春对于他来说，早已过去。我想问他，青春好吗？

或许，青春是一条寂寞的河流。我愈想接近它，它愈流得汹涌。于是，我不问了。我站在桥头，依旧看着老人。

月光似锦。我想，那位老人的青春，和这月光一样。

走在命运里，你对我说，你看到骨头。我说，那是命运的骨头，青春的骨头。不要碰它，不要靠近它。你对我的话不置一词。

你向命运走近，我把你拦住，用严肃向你逼近。你说，你需要青春，青春是你的必需。我无法反驳，只能说，青春就像昙花，很快化为灰烬。

没有青春的你，是否还需要我给的幸福？你的眼里掉下一滴泪，落到我的手背上，冰凉而悲伤。

告别青春，我又一次说，十分坚决。因为，我要接近婚礼，接近春天。

你说，告别青春，就会带着残破的手掌。我说，只有这样，才不会迷茫。于是，我与你决绝，然后离开。

我在岁月的土地上跳跃，像天空中掉下的一块阳光。你漠然地从我身边走过，身体上有游离的色彩。于是，我们挥一挥手，就当这是我们的作别。

告别青春，在这个四月，我走在孤寂的路上。不再有艳丽的词语，不再有动听的乐章。我要像桥头的那位老人，眼睛望着远方，远方有灵魂在流浪。

告别青春，在这个四月，不再牵你的手，不再和你走在雨中。我会像一块石头，坚强地迎接岁月的冰霜。

告别青春，在这个四月，你终于不再对我的话不置一词。因为你已走远，远得像高悬的月亮。

太空舞娘

这是福建边陲的小城，小得差不多只有三分之一达州那么大。有 N 条街道、M 个农贸市场，还有 F 个来自异乡的行人。可是，它却很繁华，像一场"夜宴"。听人说，小城财政收入的一半，是由华侨带来的。要问这个城市叫什么名字，我告诉你，它叫长乐。

来长乐的第二天晚上，我遇到了文中要写的舞娘。

那时，大概是夜里两点。都市的霓虹灯，纷纷明亮起来。我在一个很吵的 KTV 大厅，与朋友一起欢愉，他们为我接风。KTV 里人很多，可我认识的却很少。

舞娘和其他三个姑娘，站在大厅中间的圆桌上，跳着美丽的钢管舞。周围的人们，跟着音乐的节奏，不停高叫，摆弄身躯。

她穿着黑色花边短裙，露出大半个肉背，头发长到了臀部，高跟的褐色靴子。奶油般的大腿，闪耀着迷人的光彩，就像两条泥鳅，缠绕着白亮的钢管。有点昏暗的灯光下，我看清了她的身材。她的舞蹈微妙、细腻，时而像一阵轻风，时而像是雷鸣与闪电，时而又像滴答的屋檐流水……从她站的位置，可以猜到，她应该是领舞。

一曲音乐结束，她从圆桌上走下来，坐到离我不远的椅子上。她要了一瓶雪津啤酒，伸出雪白细腻的手指，满满倒上一杯，然后一口饮下。我清晰地看到她脸上的汗水，鬓发湿润了一片。

我鼓起勇气，提着两瓶啤酒，在她身边坐下，递给她一瓶，大声对她说："你跳得很好，就像天使！"

她将耳朵凑过来，努力听着，不知她到底听清没有。她笑了笑，拿起啤酒，向我碰了碰杯子。

我问她，出来跳舞多久了。她说，前后有七八年了。

我坐在她的身边，静静地看着她。仿佛，她就是一个不一样的世界。她一边说话，一边用手捋头发，目光侧盯着台前的音乐师，身子也自然地跟着音乐轻微地摇摆着。

她说，喜欢这种跳舞的感觉。她的眼睛很大，很亮，我似乎能看到她眼中的风景与忧伤。她的睫毛描有睫毛膏，眼睛也略略涂了眼影。

这时，又一曲音乐响起。她站起身，喝完剩下的啤酒，向我做了个再见的手势。

我不得不承认，她个子挺高，身材真好。她又一次站到了圆桌上，随着音乐的节拍，开始了她的舞蹈。下面的人在尖叫、在狂欢。

我举起一杯啤酒，一饮而尽。眼角的余光闪向她，心里想，如果有一天我老了，是否还能看到这里的美妙乐章。

这个酒吧的名字叫"太空娱乐城"。我想，我应该叫她太空舞娘。是的，来自太空的美丽姑娘。

横躺在竹椅上的女人

这么深的夜晚，街灯昏暗。尖叫的车鸣，偶尔响了几声。树上还带有露水，雨刚停。湿润着的地面，夹带着污泥。

一些晚归的男人，或女人，相拥着从一条小路慢慢走远，然后消失。一只白色的狮子狗，拖拉着脑袋，从石子路上经过，尾巴上还有雨水。它露出舌头，露出洁白的牙。

一个白衣女人，穿一条粉红色的裤子，半闭着眼睛，躺在竹椅上。她的嘴唇轻微张开，手指放在额头上。她在想什么？是不是年轻生命里的芳华，还是不再出现的青春。她的房间不大，却很整洁。一台电视机，摆放在墙角，屏幕上正上演着偶像剧。一个孩子，大概只有两岁，捧着一个玩具车，蹲在女人的身旁，正用新奇的眼睛，观察这个世界。他小心将玩具车放到地上，然后用了用力，车开了，速度似乎就像时光，在命运里穿行。

一些还不能称之为男人的男人，围坐在一台台电脑屏幕前，专注地分清颜色的异同。这些异同，只是一个游戏。

他们笑着，露出洁白的牙齿。这些牙齿，与石子路上小狗的牙齿，并没有区别，都是洁白的，它们都在咀嚼命运。

我转了转身，开始迷茫。

忽然，一列火车的鸣叫惊醒了我。我将目光聚集在一个点上，一个时间段上，可是却无能为力。

于是，我甩掉皮鞋，让皮鞋掉地的弧线，成为一个圆。

这时，手机的铃声响了起来。一条陌生的短信："你今天给我闪了电话吗？你是哪个班的，叫什么名字？可以做朋友吗？美女！"

美女，这个名字让我窒息。他叫我美女，呵呵，这个世界是不是颠倒了。我仔细看了看电话号码，陌生的，确定是陌生的。于是，我努力回想这个电话的一切源头，直到我头疼欲裂。

短信不断发来，就如那些屋檐上的雨水，不停掉下。而我终于想起，一个女人曾用我的手机，给一个男人打了电话。可是，对方却在通话中。可不承想，这个男人却产生了暧昧的幻想。

我开始冷笑起来，笑声让我感到刺骨的冷。

我又看了看那个躺在竹椅上的女人，她安静地想着什么呢，或许什么也没有想吧。

被岁月切割的黄牛

一次，我无意看到一个晚归的女人，长得妩媚，长得动人。当她走近时，其空洞的眼神，就像一把时光的刀，轻轻地，将青春切割。她的嘴唇，在那个微凉的清晨，变得更为冰凉。

后来，听邻居说，这个女人每天晚归。她没有结婚，却有着不同的男人。那些男人的肤色不同，脾气也不同，但对她的态度，却是相同的。

邻居说，唉，这样的女人，是一条现实的匕首，贪婪，可怕。我想，这到底是一个怎样的女人呢。

她在每一个清晨，从小巷回来，包里一定会有口红。她的头发卷曲，像刚烫过一样。她从小巷走过，常常引来附近民工痴痴地注视。他们的眼神和她的眼神一样，在这个春天更为贪婪。

那条陈旧的小巷，那个微冷的清晨，我也会经常遇到一个老者，赶着一头黄牛，拉着一包砖。黄牛的眼神中，有着一种难以言语的忧伤。同样一个微冷的清晨，一头黄牛或一个女人，从相同的小巷经过，它或她的眼神，却有着惊人的相同的迷茫。

那是一个晚归的女人。整个夜晚，她都在一个男人或几个男人的怀里，抑或依偎，抑或拥抱。那些从她身边待过的男人，或在某一天，突然想起，有一个漂亮的女人，曾在他们的膝前，掉下一滴泪水。或许他们也会想起，酒后曾对这个妩媚的女人说过，让我给你幸福。可是，这个女人对他们的话无动于衷。于是，他们咬紧了嘴唇，在这个四月，沉默如同岁月里的火焰。

我想，谁能告诉我，幸福是什么？幸福，是两个人在城市中牵起手，一同笑或一起哭。还是，一个人要用他所有的光，去照亮另一个人。

或许，幸福就是那一头黄牛。尽管，它被时光切割，已失去了对命运的知觉，但却默默承受着这来之不易的幸福。

离死亡还有一百天

离死亡还有一百天。我一个人坐在窗旁的木椅上，黄昏的一缕阳光射进窗扉，温暖中有一丝冰凉。

窗外没有鸟叫，只有血红的云飘在天空。一片片枯黄的树叶，轻轻飘落。楼下有一条河，水垂死地流着。远处的山，仿佛背着沉重的包袱，喘着粗气，化着黄昏的雾。

离死亡还有一百天。我开始变得急躁。时间如此匆忙，为何不给我留下思考的空隙。

我开始想起亲人，没有见到他们已有多年。当初，一个人背着简单的行李，独自流浪，远离家乡，孤独又彷徨。还记得父亲的巴掌，有些粗糙，又让人难忘。还记得母亲做的煎蛋，和她甜甜的微笑。还记得偷吃螃蟹，嘴唇被烫伤……

如今，我已20岁，在人生的最后时间，有太多要做的事，也有数不清的悲伤。

一直希望有一位女子，走进我的生活。哪怕只有一天，我也要好好珍惜。一直希望在生命弥留之际，有人能为我唱一首歌。一直希望在我活着时，能出版诗集，让思想能有一个停靠的载体。

不知何时，窗外下起蒙蒙细雨，打湿了太阳的脸，淹没了太阳的光。远处的山，已看不清。

我想起这个停留五年的城市，此时它是那样安静。但是，我却要永远告别街头，告别世人的鄙夷，告别蜷缩在桥下的记忆。

我多想自己能去一下大理，去看令人神往的洱海，去吹洱海的风。我多想有一双翅膀，飞过洱海，亲手摸摸大理的古建筑，去寻找那位叫原野的女孩。可现在我还能做什么呢？双脚已不能站立，手指已不能自如伸曲，头发早已掉尽，眼睛模糊不清。有时，我会突然看不清东西，视线仿佛进入黑夜。一切静寂无声。此时，我害怕极了，我害怕再也看不到秀美的头发，看不到远处深邃的天空。

每一天在恐慌中度过，每一天在烦躁与郁闷中度过，每一天在悔恨与痛苦中度过。离死亡还有一百天，我已不能实现诗人的梦，已不能拥有漂亮的妻子，已不能住进梦中的大房子……

深夜，墙上的钟已是零点，而我完全没有睡意。我不知此时为什么那么清醒，是不是所谓的回光反照呢？我开始害怕了，害怕突然之间什么也没有了，生命，梦想，包括爱情……

守候在凌晨两点的伤心酒吧

　　夜。这是一间并不宽敞的房间。

　　天花板上，挂着几盏黄白颜色的灯。一排沙发，排放在墙壁边。墙壁上，方形电视里，正播放着《一千个伤心的理由》。

　　一些酒醉的人，一些清醒的人，在歌声的熏陶下，扭动着臃肿的，抑或瘦长的身体。吊灯时而昏暗，时而强烈。

　　一个19岁的男人，坐在角落里，不停摆弄着手指。

　　他显得特别紧张，看着这些在外欢娱的人，将啤酒杯撞得清脆作响。看着这些女人，将话筒贴在嘴边，挤出破音。他终于明白，自己与他们有着遥远的距离。这种距离，无法用语言测量。

　　这时，从门外进来一个端盘子的青年。盘子里，有着温凉的葡萄酒，和浓烈的啤酒。这个青年和男人，有着一般大的年纪。青年蹲下身子，拿出这些似乎还有着粮食味道、需小心轻放的美酒。

一个妖艳的女人，从盒子里掏出蛋糕，闪电般糊在青年的脸上。青年惯性地闪了闪，这种躲闪，并没有力量。那个坐在墙角的男人，理了理凌乱的头发，将头偏向一边，他惊奇地发现，在这透明的地板上，竟透明出他的离愁与冰霜。

送酒的青年，用手护着脸庞，小心走了出去。一个有着孕妇肚子的中年，搂着一个黑衣的女子。这个女子，肌肤洁白。中年选了一个隐蔽的角落，依稀可以看到他脸上颤动的肥肉。

黑衣女子，始终带着微笑，露出雪白的牙齿。这微笑，似乎是夏天里最沉默的时光之刀。男人转移了目光，看房间里其他的人，响亮地碰着酒杯。有的人，半闭着眼睛，假装睡眠。有的人，躺在金黄头发的女人怀里，一边划拳，一边喃喃自语。

19岁的男人，无法抑制自己的悲伤。他飞快地奔进洗手间，用冰凉的水，狠狠揉搓脸上的每一块肌肉。他看着自己迷离的眼睛，看着洗手间里，正在用塑料管，吸着白色粉末的年轻人。

他终于惊恐起来，惊恐自己会在这个夏天走失。

男人后悔了。他像甲壳虫一样，朝着有光亮的地方逃离。

在城市的街头，一辆又一辆车，呼啸而过。风吹乱了男人的头发，他拽紧了上衣口袋，惊恐地害怕着自己的善良与梦，在这个深夜不慎丢失。

造访记

　　深夜，天空中有寥落的几颗星。城市中，偶尔有几声车鸣。同寝室的人，都已熟睡。我的灵魂，离开肉体，来到阳台上。

　　这时，远处有一块巨大的云飞来，云朵上，悬浮着一个长翅膀的女子。我惊奇而疑惑地问她："你是天使吗？"

　　"嗯，我是天使，今夜路过此地，见你凝望天空，心事重重，特来拜访你。"

　　"天使，我一直迷茫与困惑，不知道出路何在。这个没有鸿雁与蝴蝶的年代，关于理想，关于爱，关于命运，我彷徨又悲伤。"

　　我拿了一张凳子，请天使入座。天使摆了摆手，身体像羽毛一样轻盈。我仔细注视着她。白皙的皮肤，像雪一样。蓝色的眼睛，晶莹而闪亮。金色而发光的头发，在风中轻轻摇曳。特别是那一双翅膀，多么秀美与端庄。

我伸出手，抚摸着天使的翅膀："在这个物欲横流的社会，纯真的爱情、友谊，渐行渐远。"

天使顺手指了指天空中的北斗星："你看到那颗星了吗？它的光芒吸引了一些小星，这叫作物以类聚。其实，自古以来这种现象就存在。唐宋元明清，哪朝不这样呢？关于爱情，柳永写道：'多情自古伤离别，更那堪，冷落清秋节。'这种爱情多么难得。上帝也有七情六欲，而我之所以成为天使，是因为我的不入流，我的清高，我的绝望。"

我清晰地看到天使脸上有一种莫名的无奈和忧伤。

突然，我感到有点冷，对天使说："进屋坐坐吧，屋里暖和些。"

进了屋，我钻进了被窝，天使飘浮在床前。

天使接着说："当你面对一朵花时，你会爱得缠绵悱恻。当你面对许多花时，你会无从选择。忘记'十年生死两茫茫'的感伤。要相信'天涯何处无芳草'。人往高处走，水往低处流。"

我仿佛听懂了，也开始明白爱我的人，我不爱她。

我爱的人，她不爱我。人生，有太多说不清楚的事。

我将被子拉了拉，好让自己更暖和些。

"那关于命运呢？为何我开始相信命运。"

"亲爱的，命运是一种玄妙的东西。谁也摸不清它，谁也猜不透它。人生一辈子，就像是一座围城。在围城内的人，总是想出来。在围城外的人，总是想进去。"

我看了看时间，已经深夜两点。外面漆黑一片，屋内也是漆黑一片。

我问："那关于理想呢？我有许多理想，可到现在一个也没实现。"

天使指了指寝室的门和窗，说："你看到那门和窗了吗？风可以从门进来，也可以从窗进来。选择从窗进来，会直接迅速。选择从门进来，符合常规，但必须先敲门，让屋内的人同意方可进入。每个人的理想是不同的，所以实现的方式，也应该不同。"

我若有所悟。原来，我们的徘徊与无助，是因为没有找准方向。

拉过天使的手，我问："那关于友谊呢？"

天使握紧了我的手："你看过原野的一首诗吗？我们轻轻地握手 / 让我们的血液交流 / 从此以后 / 你可以

在我的身体里随意行走……真心结交朋友，应该忘记朋友的过失。有一首古诗这样写道：'故人笑比庭中树，一日秋风一日疏。'冯骥才在《珍珠鸟》中也写道：'信赖，往往创造美好的境界'。"

天使看着外面的天空，一颗流星划过，"人生就像流星一样短暂，好好珍惜，好好把握。时间不早了，我该回去了。"

我拉着天使的手不想放开，"不要走，行吗？我很难过。"

"孩子，坚强一点，离别是不可避免的。恋爱好比火焰，是人生的必需，但不是全部。不以物喜，不以己悲。人生不应虚度，保重。"

我想拉住天使的手，可她已经飘了好远。我大声喊道："什么时候，才能见到你？"

"有缘自有相见时。"天使越来越远，一瞬间便已没有踪影。

灰姑娘

在网吧不知道待了多久，一遍又一遍听着郑钧的《灰姑娘》，"如果这是梦，我愿长醉不愿醒……你并不美丽，但是你可爱至极……"心情，就如淡黄的灯光，灰暗到极点。

夜开始深下来，我安静地走出网吧。外面的天空，不知何时有了月光，如咖啡的月光。

路边的小吃店主，正招揽晚归的客人。一家副食超市的业务员，聚在一起嬉笑。或许，她们谈到了快乐的往事。

感到有点饿，我向一个面店走去。

这是一间还没有装修好的面店。墙壁上，还有着未干的白灰。老板是一个年老的女人。她的头发几乎全白，脸上是深深的皱纹。

我要了一碗炸酱面，坐在椅子上，看着周围的一切。

面店的隔壁，是一间烟店。柜台上，放着不同牌子的烟。一个妇女，半闭着眼睛，大腿上依着一个1岁左右的男孩。男孩有着红润的脸庞和白皙的牙齿。我又看到了一个老头，一直坐在面店里，他的眼睛看着外面的灯光。

冷冷的风，吹了过来，我感到无法阻挡。

"你的面，孩子。"老年人喊住我，她的脸上堆满了笑容。

我低下头，张口吃着这一根又一根有着泥土味道的面条。这时年老的女人，走到老头的身旁，从椅子上拿起一件外衣，为老头盖在胸口上，嘴里说着一句话："家，别着凉。"说完了，她用干燥的手指，理了理老头凌乱的头发。这个老头的手指，不能自由伸曲。他紧紧盯着这个满是皱纹的女人，眼神充满着光亮。

我突然之间感到不再忧伤，因为只要用心发现，到处都有简单的幸福。

月光里的爱

谁也无力摆脱命运，谁也无法躲避灾难。灾难的来临那么突然，又那么迅速。这是一次多年难遇的地震，人们还在懵懂之中，它就悄然降临。

夜晚，城市上空的星星，不知是因为害怕，还是别的原因，躲进云层，怎么也看不见。月亮也恐惧地露出半边脸庞。一阵风，轻轻吹到身上，微微冷，正如你颤抖的内心。

你们，一群离乡求学的孩子，被疏散在学校附近宽阔的平坦地带。你们要躲避这突如其来的地震。一些人甚至还没有来得及穿好衣服，现在还光着膀子，旁边不认识的朋友递给他一件外套。他接过，露出感怀的笑；一些人围坐在一起，地面上铺满了报纸；一些人哭泣着，或许发生了什么可怕的事……

　　你站在人群的边缘，看着远处的山脉，希望从蜿蜒的山路上，寻找到你的故乡。你静静地不说一句话。是的，这样安静的夜晚，让你忐忑不安。你感到世界变小了，孤独、恐慌从你的身体里滋生开来。你感到，它们正在疯狂的生长，似乎能听到这生长的声音。

　　突然，手机的铃声响了起来，打破了夜晚的宁静。你感到兴奋与紧张。前段时间，手机一直没有信号，仿佛与世界失去了联系。你颤抖着双手，打开手机按钮，在外打工的母亲发来信息："孩子，新闻说，四川发生了地震，安全吗？一切小心！"你看着这条短信，一股暖流穿进你的内心，眼睛里有泪水在闪烁。看着手机屏幕，打上如下的文字："妈，儿子很好，请勿担心，您和爸要注意身体！"

　　你站起身，望向其他围着的人群。你惊奇地发现，他们都拿着手机，发着短信，或接着电话。这时，你的手机铃声又响了，有几条未读短信，你定睛一看，是你的亲人、朋友。你再也无法忍住，泪水汹涌成河流……

　　如果有一天，你身处困境，或得了一场大病，你的手机收到祝福和关怀的短信。那么，请一定要记住那些给你发短信的人。如果他或她，是你的亲人，请一定要用自己的一生去爱他们。如果他或者她，是你的朋友，请一定要善待他们。老子说："老吾老，以及人之老；幼吾幼，以及人之幼。"

那么，请握住我们自己的内心，用一份感恩，去关怀那些帮助过我们、祝福过我们的人。只有我们彼此的温暖，才能感动上帝。

你蹲下身子，坐在朋友身边。他正用收音机收听着新闻。你听到国家领导人已赶赴到抗灾前线。你发现朋友眼睛里有泪水，他的手在抖擞。

你终于明白，他的故乡遭受了严重的地震。于是，你靠近他，握住他的双手说："兄弟，不要担心，一切都会好起来，你的亲人没事，你的朋友还在关心你……"你紧紧握住他的双手，暗暗对自己说，去关怀每一位朋友，去温暖每一颗心。

收音机里仍旧播放着受灾的最新报道，播放着解放军、救援队赶赴前线的新闻。

天空里没有星星，月光洒向城市。可你却觉得这月光有着温度，有着满满的爱。

一张饭卡的自白

　　我是一张饭卡，价值只有在学校才能体现。我的正面是蓝色的，上面写着学校的大名，背景是无边的天空，飘浮着几朵白云。天空下是学校的小雨亭。雨亭是红色的，每一个深黑的夜晚，小亭子都会接待一对又一对情侣。我想，这个小亭子不亚于月下老人，是它撮合了不少姻缘。我的反面没什么可说的，一般一般。

　　从我被制造好以后，就被递给了一个姑娘，她便成了我的主人。姑娘是一个美丽的女子，雪白的皮肤，像北方冬天的雪。象牙一般洁白的牙齿，整整齐齐。深黑而发亮的头发，再添一双水晶般明亮的大眼睛。她总是穿着一条粉红色的裙子，裙子上绣着几朵水莲花，我想这位姑娘就像莲花一样亭亭玉立。

其实，我的主人家境并不好。她有一位年老的母亲，常年多病。她的父亲是一位老实的庄稼人，家里的一切，都由他一个人支撑。贫困与劳累，使他过早有了白发。每一次想到这些，我女主人的眼神里，就会有淡淡的忧伤与惆怅。

女主人其实是一位节约朴素的女子。她一直坚持在食堂吃饭，吃最便宜的饭菜。于是，女主人对我爱护有加。在她面前，我是一个宠儿。因此，我比其他的饭卡，得到的呵护要更多一些。

有一天，女主人在某某教室上自习，这时突然下起雨来。女主人担心雨会下大，便慌张而匆忙地往公寓跑。然而，她不知道把我落在了教室里，掉在一个座位底下。当她发现丢失时，伤心得哭了起来。她找啊找啊，可始终没有找到。

其实，我是被一个抽烟的男子拾到了。他捡起我时，眼睛里闪出光亮，兴奋地叫了起来："妈的，人家都说飞来横祸，而我却是飞来横福！"

于是，这位男子把我揣进裤兜里，兴奋了好几天。每一次他从宣传栏经过，都没有勇气去看，也不想去看。于是，我只能眼睁睁看着女主人的寻物启事，被淹没在时光里。

其实有好几次，我从男子的裤兜里向外看，我都看到了女主人。她穿着那条粉红色的裙子，裙子上绣着几朵水莲花。她迈着缓慢的步子，显得比较沉重。她的脸憔悴了许多，微微泛起一点黄。

我开始心疼起她来。没有我的日子里，她是怎么过的呀。于是，我拼命地，扯破嗓子地喊，喊女主人的名字，可她却听不到。我清晰地看到她的眼角处，有即将掉出的泪花。

这位抽烟的男子，在拾到我之后，曾疯狂购物了一次。而我在张贴栏上，又一次看到了女主人的寻物启事，上面写道：不知是谁拾到了我的饭卡，又狠心刷了我 90 元钱，可你知道吗？在你狠刷我饭卡时，我却只能在寝室里吃泡面。喂一条狗，它都知道摇一下尾巴，可是你呢？为何你不摇一次尾巴给我看看！

我看到了女主人尖刻的话语，深深理解到她的绝望。我觉得对不起她，为什么我不能说人话，那样我就可以叫住她，然后对她说："女主人啊，我在这里，我在这里！"

我看了看这个男子，他正拿着一支烟悠闲地抽着。他的眼睛里没有光亮！

……

忘了交代，这位抽烟的男子，用饭卡里的钱，买了一只大灰熊和一大束玫瑰花，他将这些装饰品，送给了一个美丽的女子。可是这位女子，并没有接受这昂贵的礼物。因为她的眼神里，有着忧伤和绝望，只是这个男子没有察觉到。

你们想知道这个美丽的女子是谁吗？告诉你吧，她就是我的女主人，那个穿着粉红色裙子，像水莲花一般美丽的姑娘。

其实，她只是一个弱女子，她需要的不是灰熊与玫瑰，她需要的只是一张饭卡，或者只是一种诚实。

唉，她只是一个弱女子！

兄弟，喝了这杯酒

兄弟，喝了这杯酒，我们都来自异乡，我们都是民工，我们都在夜晚，孤独地想念家人。兄弟，你的牙齿，已被烟熏得发黄。没关系，我们对爱情已不再有渴望。

兄弟，你看上衣掉了扣子。没关系，我抽屉里有针和线。兄弟，干了这杯酒，干了这杯廉价的高粱白酒。不要嫌弃，因为我们都不曾挨饿。兄弟，昨天你做了好几个活儿，真羡慕你，你有强壮的身体，你有坚硬的骨头。兄弟，健康是最富有的，我们都是富有的人。

兄弟，承蒙你多照顾，我真心感谢你。要不是你，我在这里无法立足。兄弟，别说那些见外的话。都是些朋友，互相帮助是应该的。

兄弟，再干一杯酒，再挑一筷子红烧肉。就当这是我们的必需，这是我们的渴求。兄弟，来，抽一支烟，2元钱，冲劲十足。兄弟，你的头发该剪了，我认识一个理发师，手艺还不赖。兄弟，你该换一条裤子了，你看，都洗得发黄了。

兄弟，听说最近铁路上，撞死了一个妇女，现在还没有人来领尸。兄弟，真可怜。没事的，兄弟，尸体会有人来招领的。兄弟，听说你儿子今年考大学，希望大吗？还在为上学的费用发愁吗？没关系，要真的没有办法，把我的先拿去。不行，兄弟，你有生病的老婆，还有年迈的母亲。我怎么好要你的钱呢。我儿子的事，我会想办法。兄弟，别见外，都是朋友，你的事就是我的事。你儿子真争气，成绩那么好，考大学应该不成问题吧。是啊，我儿子真争气，可是一旦他考上大学，每年上万的学费，我哪有能力去找啊。兄弟，别灰心，我们会替你一起想办法。

兄弟，你的结石没问题了吧，没关系，钱可以再挣，身体养好才是真的。嗯，兄弟，我知道，谢谢你关心。对了，兄弟，你和老婆真的要离婚吗？是啊，兄弟，常年分居，已没什么感情了，她要走，我不怪她，谁叫当初我不多读几年书，多识几个字，到现在没本事呢。兄弟，别灰心，一切都会好起来，面包会有的，牛奶会有的，老婆也会有的。呵呵，兄弟，谢谢你的祝福。

兄弟，听说你儿子毕业要找工作了，是吧？嗯，兄弟，是这样，可我正为这事发愁呢。我没有关系，儿子找工作，要塞红包呀，不然就要调到乡下去，唉，好不容易从乡下走出来，又要分配回去，枉费心血。兄弟，别想不开，想办法找点关系，让儿子留在城里。嗯，谢谢，兄弟。嗯，兄弟，别想太多。一切都会好起来的。

兄弟，喝了这杯酒吧，我们都来自异乡，我们都是民工，我们相信，一切都会好起来。

烈日下，牵马的姑娘

这个夏天出奇炎热，火光照亮大地，仿佛能听到汗水掉地时"滴答"的声音。烈日下，一个瘦小的姑娘，牵着一匹瘦马，走在瘦瘦的山间小路上。

这匹瘦马，驮着一大袋粮食，留下了深深的马蹄印。而这土地，似乎不能承受粮食的重量。姑娘枯黄的头发，黝黑的皮肤，穿着一双破旧的球鞋，大脚拇指露在了外面。她的眼神暗淡无光，似乎在命运里迷失了方向。

姑娘牵着瘦马，头顶火红的太阳。山间的田野里，有着成片的稻田，稻谷似乎铺满了整个村庄。

他们说，这个姑娘住在山上。那片山，是没有尽头的山。他们说，这个姑娘，没有读书的学费，才下山来驮运粮食。山下的人，每天给姑娘 100 元，马 50 元，姑娘 50 元。

野 有 蔓 草

我仔细看了看这位姑娘，其实她很美丽。烈日下，她撩了撩头发，汗珠一颗一颗掉在地上，也打湿了她的脸庞。她的脸黝黑又健康。她张开嘴，露出洁白的牙齿，喝了一口随身携带的水，然后又吆喝着马，继续赶路。马的脚步，缓慢下来，喘着重重的粗气……

烈日的光，像火一样，燃烧着大地与天空。村庄里的稻谷，闪闪发着光亮。远处的大山，似乎被这火光笼罩，看上去既耀眼又使人眩晕。村民们挥洒着汗水，在田地里，既喜悦又惆怅。喜悦这粮食是一年的希望，惆怅该死的天气，让人害怕又心慌。

姑娘牵着马，进了村庄。一个头发全白的老人，卸下马背上的粮食。姑娘端了一盆水，放在马的身旁，瘦马埋下头，将冰凉的水喝了个精光。

后来听村民说，这个姑娘中暑在路上，她被村民背到了卫生站。暑热退了后，姑娘又要求牵马驮运，可好心的村民，付给了工钱，送她进了山上。她们说这个姑娘，临走时眼里闪烁泪光。这泪光，富裕的人，没法想象。

夏天过去，退去了炎热，可我还是会偶尔想起那个黝黑的姑娘，她牵着一匹瘦马，走在山间路上。因为那条路，闪耀着从贫困通向富裕的光芒。

照相的人

　　之所以这样称呼他，是因为实在找不出合适的定语，来修饰这样一个人。是啊，当一个人生命到达一定阶段，什么样的称呼，都表现得苍白无力。这让我想起在一本书上看到的一句话，"其实，我们本无形地来，又将无形地去，来与去都是无关的。"

　　他坐在食堂外的花台石上，穿着一双老式的黄色解放鞋，背着一个二十世纪七八十年代流行的挎包。他的头发很乱，似乎不曾梳理。一堆胡子，浓密地铺在嘴唇周围，看上去像个艺术家。有时他会点一根烟，坐在石板上，狠狠地抽，一圈圈烟雾，便弥漫开来，夹杂着这个城市特有的味道，一同消散开去。有时，他会从包里拿出一张报纸，专注地看着，似乎很有学问。

在他旁边食堂的墙壁上，挂着一张红色的布，布下面是一个板凳。这就是他的全部家当。

我坐到他的身边，问他，生意好吗？他微笑着回答，一般般啊。他笑时露出鲜黄的牙齿。我接着问他，你每天都来吗？他很随便地回答，不啊，一周来两三次。有时，是给同学送照片。有时，给他们照相。他对我说，还是你们读书好，无忧无虑。

他似乎来了兴致，讲起了自己的三个儿子、一个女儿。两个儿子到北京打工，一个儿子到深圳当保安，女儿也成了家。他说这话时，爱挥着手，灰颜色的手上是岁月磨过的茧痕。接着，他从包里掏出全家福给我看。他的儿子，和他很像，脸上也有着岁月的沧桑。她的女儿很瘦，黄色的皮肤，干裂的嘴唇，似乎经历了太多的磨难。看着照片上，他女儿瘦得凹陷下去的脸颊，我的心里有一种疼痛。我摸着自己单薄的身子，安慰自己说，我过的日子，其实并不是最瘦的。

你的女儿很瘦。我对他说。

小时候，她的身子遭了罪，大了一直好不起来。他说这话时，我眼神无力而沧桑。对了，你读几年？他开始问我。

三年。我这样回答。

专科啊，还是本科好，你想升本吗？他问我，随即我看到他从包里掏出一支烟。

升本，不知道行不？我很无奈地回答。

不能升，也要把专业知识学好，多锻炼自己的能力。人啊，还是能力重要。他这样安慰我。接着，他盯了我一眼，然后意味深长地说，还是不抽烟好，像我，想戒都戒不掉。

我看了看烟的牌子，攀枝花。

这时，从远处走来两个学生，一高一矮，看来是照相的。他站起身对我说，生意来了，不陪你了。

我拍了拍身上的尘土，开始离开。他端着相机，在那里喊着，向左偏一点，再偏一点……

这时一阵风吹过，刚好可以吹动我的衣服。我感到有点微微的冷。

监狱里的一只猫

我是一只猫，出生地不详，父母不可查，记事起就在达州监狱"生活"了。对于监狱的印象，我有话说。

传言中的监狱，或许是谈不上文化的。人们，包括猫们，可能都会以"阴森、恐怖、庄严"等词来形容，其实这毫无道理。对于一只在监狱"生活"七八年的猫来讲，是是非非虽都已成过去，但却有一些事，会让我无法释怀。

有一天，我优哉游哉爬过监狱二号门的窗户，小跑上大理石台阶，又跳上了六监区的铁丝网，回头还能看到球场墙壁上的《弟子规》的雕刻图案。正当我在铁丝网上小心翼翼地匍匐前行时，一监区传来了囚犯的呻吟声。原来是平时患有高血压的服刑人员，口中吐着鲜血正在呻唤。监区的年轻民警得知后，立即打开铁门，与特岗人员用担架将其抬往监狱医院。"快了，快了，马上就能看医生。"年轻民警一边抬着患病服刑人员，一边安慰。

出于好奇，我摇着尾巴，屁颠屁颠地跟过去看个究竟。在监狱医院，一位中年医生见该病犯情况特殊，没有丝毫犹豫，便立即优先让其检查，并做出预案处理。但不知为什么，囚犯躺在病床之后，没过几分钟，就突然昏迷。这时，中年医生见此症状，脸上冒出冷汗，囚犯的病理反应，令他捉摸不透。而刚治疗完一位病人的另一位主治医生，看到这种紧急情况，立即喊道："赶快抢救！"

于是，一人对囚犯做人工呼吸，一人在一旁打下手。两人通过十多分钟的努力，该服刑人员又终于醒来……

醒来的病犯，得知事情经过，眼中闪烁着泪花。这也让我内心有了不小的触动。是的，作为一只猫，我震惊了。不知什么原因，会让民警对服刑人员的生命健康，如此看重。又是什么样的奉献精神，在支撑他们博爱的心。

然而，这并不是个例。

作为一只猫，一只在监狱"生活"多年的猫，在达州监狱见过类似的案例，还有许多许多。一封服刑人员的求助信，会让民警不远千里前去提供帮助；一个服刑人员家属的感激电话，会让民警喜笑颜开；一档迎春晚会的曲艺节目，会让警囚同心并多次失眠……

一幕幕的动人故事，似乎就像我经常匍匐在围墙铁丝网上的波浪，每一次匍匐，似乎就有一个感人的故事在上演。

诚然，很长一段时间，我没有明白这是为什么。但后来，我终于知道那是信仰。当看到墙壁上的《弟子规》图案，当看到监区墙壁上的文化信条，当听到民警们吹奏的乐器声，我明白了，这所有的一切都是因为文化，因为一种特别的价值追求。

写给专科生的话

时光飞逝，岁月如梭。看着校园里的一草一木，真有些依依不舍。三年时光，就像风声，沿着我身体的脉络，进入骨髓，残留一丝痕迹。

是的，有一种痛，它在心底，许多时候，都不愿提起。坦白地讲，我是一名专科生。记得刚到学院时，内心深处便有一种自卑感。由于学历的原因，大一时，我是迷惘的。大部分时间，我都在麻痹自己，上网、游戏、看电影，或压马路、逛街、恋爱。是的，那时，我所谓的理想就是平平淡淡读完大学，毕业之后回到镇上教书，再娶一个农村的姑娘。那时，我真没什么奢望，也不敢有奢望。

我知道自己并不笨。初中三年级之前，我的学习成绩一直保持在年级前 3 名，全县也能排在前 20 名。

记得最自豪的一次，我 7 门课程，门门跃居年级第一，总成绩全县第一。当时，在学校还真轰动了很长一段时间。

中学时代，我读的是当地最好的初中和高中，也在最好的尖子特优班。可尽管这样，我还是没能一直优秀下去。后来，我开始和一些"坏"同学旷课、上网、打架、夜不归宿，或抽烟、喝酒、赌牌。几乎一个中学生可能犯的错误，我都犯了……

时光就像一条河，永远不会复返。

高考，人的命运，就在那一刹那改变了。和自己一起玩到大的同伴们，如愿考上了北大、复旦、中山等名校，而我却只能上一个专科。的确，我并没有感到惊讶。因为，自己当时只有那个水平。但心中还是有些许遗憾和哀伤。曾几何时，他们一次也没考赢过我呀。不同的大学，不同的城市，就让我与他们，走上了截然不同的道路。一个在天上，一个在人间。

……

确切说，大一我是灰心的，或者说是自暴自弃，破罐子破摔。当时，我认为自己没前途了，便浑浑噩噩过日子。晃过大一，没做任何努力和争取。大二，看到学哥学姐离开学校，看到他们的泪水和找工作的艰辛。我才慢慢觉醒，自己不能再荒废下去。如果再如此，别说面包、牛奶，就算白馍馍也吃不到。我想到了拼搏，想到了奋斗。我希望能用仅剩的勇气，去战胜自己，战胜命运。

记得，当时我根据自身条件，定了两个方向：一是专升本，一是走特长道路。经过调查，我发现学院每年升本的比例仅为百分之五。也就是说，一个班的名额最多两个，有的班甚至只有一个名额。因此，三年内，我必须保证每学期综合成绩是班里的前三名。要考到前三名，不仅学习成绩要好，量化分更要突出。要知道，量化分与自己参加系上的文体活动和担任系班干部挂钩。学习成绩，可以通过努力办到，但作为一个不太爱参加文体活动的我，得量化分似乎太过艰难。又因为听到一些小道消息，升本还需要"运作"，更让我失去了信心。因此，经过综合权衡，我最终决定走另外一条路，那就是写作，靠文章改变自己。

然后，我给自己订了一个计划。在大学毕业之前，要在市级或以上刊物发表文章30篇，获三个全国大奖。这个目标，对于我来说，还是有机会实现的。

接下来，大二我不再谈恋爱，不再陷于感情，经常一个人待在寝室，为了目标奋斗。每天认真看书、记笔记，写作。很幸运，我们寝室一共 5 个人，有两个家在达州城区，另外两个谈了恋爱，一到周末，他们要么回家，要么与女友共度良宵。这便给我提供了一个非常安静的学习环境。

最开始，我是在网吧写作，每次都会坐四个多小时。用两个半小时写一篇 4000 字的短篇小说，然后再用半个小时进行修改，剩下一个多小时看一部电影。后来，我发现，每个月所需的网费太高，入不敷出，便买了一台二手电脑。诚然，有了电脑之后，一切都方便了许多。

很多个夜晚，我一个人坐在电脑旁，敲击着键盘，输着文字。我编写一个又一个故事，然后将它们寄给杂志社、报社。或许是一种机遇，文章一篇又一篇被刊物发表。有段时间，几乎每周我都会领到稿费。50 元、100 元，或 300 元。领到最多的一次，一篇文章竟有 1700 元。我的日子，开始富足起来。除了父母给的生活费，每个月还能挣上近千元稿费。当然，我也会去参加全国大赛，如《中国作家》杂志社、《星星诗刊》杂志社等媒体杂志举办的文学大赛，随后就接连不断获得全国一等奖、二等奖、三等奖等荣誉证书。慢慢地，生活充满了阳光，一切都美好起来。

到大二快结束时，我整理自己的文章，自己都感到惊叹，一年时间内，我居然写了50万字，发表文章150余篇，获全国10余次大奖。紧接着，好运似乎一直不断，我相继加入了达州市作家协会、中国散文学会，还接受了不少媒体的专访，并成为多家文学网站的签约作家，还意外从全国2800多万大学生中脱颖而出，入围了"2008中国大学生年度人物"，并排名全国第96名。另外，也通过朋友帮助，首次出版了自己的长篇小说。

大二结束之际，我知道已实现预期目标。于是，我报考了西南大学的汉语言文学本科专业，通过努力，四次就考完了所有的课程。接着，大三一学年，我拿到两次奖学金，成绩都考进了年级前三名。

转眼到了大三，在学校的机会也变得极少。这一年里，我没再写任何东西，忙着找工作，认识新的朋友。幸运的是，从2008年10月开始，我先后就职于多家媒体等单位。惊讶的是，感谢这些用人单位，每次面试，都不到十分钟，我几乎都没怎么说话，他们也忽略了我的学历。

大学三年就这么过去了，就像一场梦。

但我还是有些后悔。因为，我荒废了一年时间。要是，真能早些醒悟，或许天空会变得更辽阔。

请将诗歌的瓶子装满思想

在中国文学史上，诗歌一直都是文学皇冠上的宝石。但在文人骚客对诗歌的革新和探索中，诗歌最本质和淳朴的东西却渐渐远去。当前的诗歌，仿佛进入了一种癫狂而粗糙的时代，印象派、现代派、魔幻派等争奇斗艳，尽管绚丽，但终究少了韵味，让人失落。

前段时间看了达州诗人李冰雪创作的诗歌，让我有了些许欣慰。首先，他的诗歌有对历史文化的吸收和怀念。《两汉大赋：从长安街到洛阳》最具代表性。他写道："在帝王的脸上 / 引蜂虫数千 / 无关赏花 / 只为花香 / 只为蜜甜……"此句看似用白描的手法在平淡地抒发帝王诱引蜂蝶，但在短词浅句中却暗含了一个"千古才子多寂寞，唯有功名挂心中"的道理。睿智的诗人并未直白而愤慨地直抒胸臆，而用委婉且充满美感的诗句，将这一现象展示出来，让人感受别样韵味。再如《孔子，你早该回来了》中，"您早就该回来了 / 您就该进课堂 / 而不是去战场……"显示了冰雪的胆气。在冰雪的眼中，孔子是不应该上战场、被捧上神坛，而应走进课堂，教授学生，更应该做伟大的诗人。

其次，李冰雪诗歌善于对情感进行提炼和抒发。在《母亲，我昨夜又梦见您了》中，"母亲！母亲！我害怕您一弯腰，老屋真的就塌了。"读后令人哽咽。诗中万分思念的母亲，就像那一堵墙，一不留神就会倒塌。在写其岳父的诗中，他写道："我宁愿相信谎言，不愿看到答案。这个春天里，我不再面朝大海。不等春暖，不等花开。只为等你，归来。"此句颠覆了海子诗歌中对幸福和美好的向往，因在亲人即将离去的残酷现实面前，诗人宁愿只相信谎言。像这样抒情性很浓的诗歌，李冰雪写了不少，但许多诗歌并不重复，对于情感的提炼和抒发，他就像艺术家作着探索和挖掘。

另外，冰雪在创作中为诗歌这个亮丽的瓶子装上了思想，使其闪耀着独特的光芒。如在《桃之夭夭》（组诗）中，他对现代诗的寓意进行了创新，看似用凌乱的语句描写现实中的桃花，实则在表达一种生活态度，或一种追求。比如，"如果真爱，你就拿起刀子，削减最初的语词，剥去灼灼其华，雕刻我的，素时锦年。"此段中没有写桃花的词语，也看不出是在写桃花，但却通过这种新颖的形式和独特的语言，将桃花的精神，将春天的韵味，描绘得流畅深刻。

　　诚然，李冰雪在诗歌的形式、语言以及对思想的挖掘和提炼上，已有了一定的探索和创新，但在整个现代诗的对外延伸中，他的努力仅是沧海一粟。对于现代诗，我们仍需要更多的优秀诗人去挖掘。

残缺的《红楼梦》

前不久一家刊物编辑约稿，让我写童年的读书故事。拖了大半个月仍没动笔，想到埋藏在记忆中那一段尘封许久的往事，心里隐隐有些酸楚。

我七岁时，父母就到沿海地区打工，留下我和弟弟在村里。幼时，谈不上家庭教育，也更别说文化熏陶。除了学校发的语文教科书之外，老家的破瓦房里，是找不到一本书的。我想，河流、山脉、麦田、牛羊、赶鸭人、彩虹等或许就算是我的文学启蒙吧。

八九岁时，除了喜欢背语文教科书上的诗词外，还会扯掉从街上买回的面条包装纸。当时的面条，大多用旧报纸包裹着。每一次奶奶下完面条，剩下的包装纸，就会随手扔在灶台前。喜欢看东西的我，就会如获至宝地捡起来，一边烧火，一边细细看上面的新闻、笑话、短文等，其中乐趣，唯有自知。

十岁时，我已不满足于看包装纸，决定干一件大事。于是，我将破败的家里翻了个底朝天，费了九牛二虎之力，终于在爷爷的麦柜里，找到了一本残缺的经典好书——《红楼梦》。记忆中，这也是我家当时能找到的唯一书籍。《红楼梦》的纸张发了霉，许多地方破了不少洞，但并不影响我的读书激情和兴趣。

那几天，我如饥似渴地躲在卧室里阅读，也不再出去和小伙伴游玩，似乎忘记了整个世界。不知什么时候，爷爷推开了房门，见到我正专心阅读《红楼梦》，竟破天荒地狠狠扇了我一耳光，随手又将书扔很远。当时，我不明白为什么被打，心里很憋屈。之后，我才知道，在爷爷的眼中，《红楼梦》是禁书，有男欢女爱。

初一，我就读的黄泥乡中心学校订了《今日中学生》杂志，当时我是班长，又是全校第一名，便利用手中的小小"权力"，每期都可以抢先阅读，也从中了解外面的世界。

再后来，我到了另外一个大镇上学。学校附近有了书店，租书每天三毛钱。我便将中午吃肉改为吃菜，节约的钱用来租书看（眼睛近视，也就从租书开始）。

　　坚持阅读了三五年，健康不健康的书都看过，胸中有了那么一点墨水，便信心爆棚，亲自操刀，写诗歌追女孩子，于是有了初恋，也有了《中国式青春》。

　　再后来，我到了大城市读书。看书的兴趣，愈发浓厚，舍不得花钱，周末便到新华书店蹭书，一站就是大半天，站得脚发麻。有时，为了占到一个可以小坐的位置，还要像"侦探兵"一样四处观察，保持极高的警惕。平时周一到周五，我会到图书馆借上满满一堆书，选择在上课时间看。老师在课堂上讲得妙语连珠、行云流水，而我却在下面看得津津有味，悠然自得。

　　此时，我已不满足于写诗歌追女孩子，心里有了更大的野心，想通过文学改变命运。接着，我开始疯狂写小说、散文，很幸运，文章大多能在刊物上发表，至此渐渐走上了专业的写作之路。

　　之后，在书店当"蹭客"的时候少了，买书的次数多了，家里因此也逐渐有了书店的感觉。然而，每每看到书架上那一排排经典的文学名著，特别是那本被我小心保存的残缺《红楼梦》，不禁感慨万千：很多东西，之所以珍惜，是因为来之不易。

打铁还需自身硬

模拟自己坐在考场上，翻开试卷，看到2014年的高考作文立意，心里除了紧张，还有更多感触，回忆的思绪将我带进了那滚滚历史长河。

遥想战国时期，七雄争霸，战火纷纭。秦国相对来说比较落后，属于典型的边缘地带、蛮荒之地，常被中原大国欺负，被称为"野蛮子"。时任秦国首领的秦孝公想奋发图强，决意征召四方有才之士。他在求贤诏令中说："谁能想出好办法，让我们秦国变得富强，我将让他做高官，并分封广袤的土地。"于是乎，一代改革奇才商鞅便千里跋涉赶到秦国，他鼓动秦孝公实行以"废井田、开阡陌，实行郡县制，奖励耕织和战斗，实行连坐之法"等为主要内容的变法措施，使得秦国经济得到迅猛发展，军队战斗力不断加强，很快就发展成为战国后期最富强的国家，也为后来秦国一统天下打下了坚实的基础。

大汉开国之初，刘邦率领一帮人马前去攻打匈奴，哪知中了匈奴的诱兵之计，军队被围困于平城白登山七天七夜。深知实力不如匈奴，刘邦无奈采用陈平的计谋，向冒顿单于的阏氏（冒顿妻）行贿，方才脱险。后来，还是他的后世子孙汉武帝刘彻，励精图治，雄才大略，在卫青、霍去病等将军的辅佐下，横扫匈奴，开通了丝绸之路，为刘邦挽回了面子。

北宋初年，南唐后主李煜，虽是一位才华横溢的大诗人，但是其治国才能实在难以恭维。赵匡胤放下一句狠话："卧榻之侧，岂容他人酣睡。"于是，得了"软骨病"的李煜，不仅未能站起来，还被赵匡胤残忍杀掉了，除了眼睁睁看着国家烟消云散，美貌妻子也被赵匡胤招进后宫。

最令人气愤的当属腐败的晚清政府，自认为是天朝上国的慈禧太后不思进取，贪图享乐，又不愿变法图强，使得清政府羸弱不堪，后来导致八国联军集体侵华，留下中国历史上最为耻辱的一页，给中国人民带来了深重的痛苦和创伤，可谓不自强者，必被世界所抛弃。

　　时光的书简不断向前翻开，新中国成立之后，特别是改革开放 40 余年来，中国的经济发生了翻天覆地的变化。其经济总量已高居世界第二。"打铁还需自身硬"，正因为当前中国不断奋进，才在世界上拥有了一定话语权，最终得到世界的认可和尊重。

　　一不留神，提醒考试即将结束的钟声便敲响了，侧身看了看窗外，一根藤蔓绕着围墙，在夹缝里迎接阳光。围墙外有一棵参天榕树，枝繁叶茂，大如伞盖，其枝条伸入云霄，显得斗志昂扬。我心里不禁咯噔一下，这是不是正向我们预示着：一个人只有自己先站起来，才能拥有世界。一个民族和国家，只有自己先强大了，才能获得世界的尊重。正如这藤蔓与榕树一样，到底怎么选择，最终还得取决于我们自身。

远灯

出版《远灯》这部小说集，我挺欣慰。该书一共收录了 40 个短篇小说，其中绝大部分为我 25 岁之前旧作。曾经年少爱做梦，多少时光荒废中。这部集子，它几乎囊括了我所有的青春。

诚然，从 1978 年改革开放到现在，在这段时间里，我们的社会发生了怎样的变化？我们的人民又经历了怎样的生活？在这个伟大时代出生的年轻人，他们又度过了怎样的青春？似乎，它们如一页页书简，随手翻开，就能见证时光的碎片……

庆幸，我出生于 20 世纪 80 年代后期，亲眼见证了这一段历史。也庆幸，自己能实现看似遥不可及的梦想，最终成了一名作家，能对这个时代做一些记录和勾绘，能自由发出自己的声音。

《远灯》并不想通过厚重的语言、高深的架构、出奇的叙述方式，去提出多么深沉的话题，也未试图去质疑或揭示什么。它很平凡，如春光里的流水，自然流畅，无拘无束；它很普通，似三月的油菜花，金黄灿烂一片，最终化为蜂蜜；它很温情，像树枝上的百灵鸟，轻轻地向曾经年轻或正在年轻的兄弟姐妹，诉说那一些陈年如风的往事……

是的，我只是想通过文学这种有趣的方式，描述这个神奇的时代，特殊的时代，伟大的时代。改革开放几十年，乡村底层的青少年，他们面临了什么样的转变。在经济变革浪潮下，大千繁华的都市居民，他们又经历了什么……

一个又一个疑问，萦绕脑海，挥之不去。

无意去选择什么典型，也并无兴趣挖掘文学的金矿，只是希冀通过描写与我一样平凡的人，用他们普通的故事，告诉读者——这就是生活！

当然，我会更希望，《远灯》像标题一样，文如一盏远灯，能够让读者看清我们所熟知的世界，或者那些陌生的人。

判决

白云生处，雄鹰翱翔。一座威严的法院矗立其中，法庭内正在判决一例奇特的案件。原告分别是智和愚，而被告则是命。

法庭上，只见智激动地起诉道，尊敬的法官大人，我要告命。它当初叫我要做一个聪明的人，于是我真去践行了。我不断投胎转世，时时要求自己要有智慧，但我并没有因此获得幸福。比如，第一次我投胎当了秦始皇嬴政的儿子，为了当皇帝，我处处讨老爹欢心，并伙同赵高假造诏书，杀了扶苏及其他兄弟姊妹，这算聪明吧，我几乎杀光了所有的竞争对手。但是，后来我的江山依旧没能保住，连我的命也搭上了。到了三国时，我是杨修，天生我大好才华，连文学家孔融都只算我大儿子。曹操一代枭雄，也没我聪明，他所有的想法，我都能猜透。因此，我屡次在曹操面前表现聪明才华，本以为可以得到重用，哪知就因为一盘鸡肋就丢了性命。明朝末年，我做了西门庆，通过聪明才智，我很快就成为医疗连锁企业的老总，还攀上蔡京认了干爹，谋了清河县"治安大队长"的一个官职，成为县城里有头有脸的人物。为得到少妇潘金莲，我设计将武松支到外地出差，然后顺利搞到了美人，还用药害死了武大郎。但哪里知道，武松回来就要了我的命。再到民国，我智商很高也很勤奋，顺利考上了名牌大学，后来又当了市长。但是，抵制不住诱惑，我利用聪明才智和商人合伙办企业，还利用职权收受贿赂，后来东窗事发，就被关进了监狱……

　　智，你不要再说了。你好歹还享受风光过，你有我苦吗？这时，愚打断了智的埋怨，也抢着起诉道。当时，命叫我要做一个老实人。于是，我第一次投胎，由于所住的村子外有一座大山，不通公路，我便与子孙一起准备修一条大道通向世界。而同村的灵看到我，冷笑了几声，什么话也没说，便自己到外闯荡了。哪知道，我搬了几十年石头，也没将山上的石头搬完。而灵却在远方的都市安了家，买了别墅，讨了漂亮的老婆。后来，他直接派人回来，用挖掘机和炸药，很快就将山铲平了，还修了旅游度假区，并且还得收门票。这太冤了吧？当了愚不说，后来我又投胎当了比干，由于我老老实实侍奉纣王，说出正确治国的心里话，哪知道纣王并不懂我，还挖出了我的心肝煎着吃。往事真不堪回首。到了现代，我也老老实实，看到一个老年人过马路摔倒了，我便去搀扶她。哪里知道还被讹诈，并让我赔医疗费，差点判我坐牢。法官啊，你说我冤不冤呢，我坚决要告命。

听了智和愚的起诉后，法官心里火冒三丈，仿佛自己也被忽悠了一样，咬牙切齿用力拍了象征权力的木条，准备立即判决命无期监禁。这时，法官身旁的"助理"用脚轻轻踩了踩法官，使了使眼色。法官心里咯噔一下，猜到自己必定莽撞了。这时，"助理"便低下头在法官耳边小声说了一句，"你看过《红楼梦》贾雨村判案吗？"法官也是有文化的人，立即便醍醐灌顶明白了。

接着，法官定了定神，干咳了一声，便温和地问命道："为何你忽悠他们做聪明人和老实人，把人家害得可够惨的呢？"

命并没有丝毫畏惧，不慌不忙地回答道："法官大人，智和愚都是独立的人，脑袋长在他们自己头上，为何就不能像灵学习呢？其实，老实人和聪明人都可以是一个人，太过死板，必定酿成严重后果，你刚才不是也差点犯这样的错误吗？"

这时，法官、智、愚三人听了命的回答，顿时鸦雀无声。

成都街名里那些惊人的细节

下班后，有时我喜欢散散步，看看绿草与野花。活动的范围并不大，就方圆几公里，前后几条街。久而久之，就有了一些思考，觉得很有趣。

比如，我散步时常会经过一座桥。这座桥名叫武成大桥。为什么叫武成大桥呢，因为它位于以前成都皇城东大门——武成门的门口处。城内是贵族和市民，城外是农民和地主。当然，过了武成大桥，就是城外了。

走过武成大桥，在其一头是武成大街。武成大街口子处，有一个小区名叫三洲娇子院，这个小区倒不怎么新，反而有些旧，但小区里面却有一座城墙，也就是明清的城墙。墙外就是府河，墙内就是蜀王城。

转回来，在武成大桥的另一头，有一条街名叫望平街。这是一条新街，辛亥革命以后才修的。以前是大片的农田。有了这条街之后，这里就有了营生，主要干啥呢，在旧社会，这里就是销售粪便。城里的粪便，在这里集中，然后分销到郊区，以后肥沃农田，粪便则通过府河的粪船运输。

当粪船沿着府河继续航行，在不远处，又有一座桥，这座桥叫九眼桥。九眼桥下，过去是商业码头。在旧社会这个码头是干什么的呢，它不是卖粪的，而是经营人贩子买卖的地方，说得更俗一点，就是穷人家的女儿在这里被贩卖，有的当了女仆，大多进了青楼。现在的九眼桥，变成了酒吧一条街。除了酒，还有更多的灯光。

再返回前面的武成大街。沿着武成大街一直走，就是成都市二医院。这个二医院的一头，在过去有一个尼姑庵。在二医院的另一头，是惜字宫街。惜字宫街，很有意思。过去这里有一座庙，名叫大禹庙，进门的前殿是仓颉殿，后殿是大禹殿，仓颉殿纪念造文字的。更奇妙的是，和仓颉庙方位相同，仅隔一条街的正前方，就是四川省文联和四川作协的办公场所及住宿区。或许，文字需要传承，从仓颉开始。

更奇妙的是，方位依旧相同，又仅隔一条街，这条街叫红星路。红星路上还有一家报社，名叫四川日报社。这些有关文字的单位，或许和仓颉大殿有着耐人寻味的关系吧。

红星路是和春熙路交叉的。那么，春熙路是从何而来的呢？原来，清朝时，这里曾经是四川的司法刑狱衙门所在地，里面有监狱，关了许多囚徒。民国时，改成了省政府。再后来，军阀杨森派人重新进行了打造和修建，变成了商业街。当时，取春熙路这个名字的人叫江子虞，他是前清的举人，四川的地方文化名流。修建春熙路的开发商叫俞凤岗，挣了许多钱，买了北段的半条街，这个人最红火的时候，在盘飧市的旁边大剧院办酒宴，邀请了众多名流，其中就包括上海的杜月笙。

红星路也与总府路是交叉的。总府路一直走，也就是天府广场。天府广场就不用说了。这里有一个馆，名叫四川科技馆。而科技馆也就是曾经蜀王府的旧址。当然科技馆周边很大一块土地，都曾是蜀王府的旧址。

那么蜀王府的旧址墙边在哪里呢？很简单，举一个例子。曾经我工作过的一个单位，名叫四川省司法厅。这个单位在哪里呢？在上翔街。为什么叫上翔街呢？因为这条街就紧挨着蜀王府的府墙，于是便取名上翔，希望沾一点吉祥……

我们这座城市有无数条街，每一条都有每一条的历史，每一条都有每一条的文化。而这些街到底会通向何方，又有多少人从这些街走过？谁也说不清。

第二辑

驰马观史

刘备三顾茅庐另有隐情

许多人提到"三顾茅庐"，就会坚信，拥有经天纬地之才的人，就一定会等到明主的拜见。但是，真是这样吗？诸葛亮真的全都是因为其才华横溢、远近闻名，而被刘备三顾茅庐的吗？我看，其中恐怕也有隐情呢！

在公元 207 年，刘备率领一帮乌合之众来到了新野。之前，他是屡战屡败，屡败屡逃，虽然有张飞、关羽等猛将，但由于部队不正规，实力不强大，没有过硬的社会根基，因此他常吃败仗。这次，刘备在新野驻军，就想拉拢当地豪族，另外也是真心要寻找一位像韩信那样才华横溢的军事将领。

当时，刘备经过多方打听，找到了水镜先生司马徽。司马徽就给刘备推荐了徐庶和诸葛亮。但是徐庶还没干多久，就被曹操给挖了过去。没办法，毕竟曹操那边兵强马壮，给的待遇都很好，再加上曹操还捞到了徐庶的母亲作为"核心王牌"，徐庶无奈，也就只好惜别刘备，跑到曹操那边去了。

一时半会儿，没有了军师可怎么办呢？刘备只有继续物色找人这一条路可走。经过多方权衡，再加上司马徽、徐庶等人的推荐，刘备决定去找诸葛亮。

当时，刘备是不会天真地相信26岁的诸葛亮有经天纬地之才的。刘备如此看重诸葛亮，主要是因为诸葛亮有着特殊的当地"关系"，比如诸葛亮的叔父诸葛玄是荆州牧刘表的旧友；大哥诸葛瑾已经去东吴任官，属于典型的潜力股，正在提升中；沔南名士黄承彦是诸葛亮的岳父，在当地颇有影响；主掌荆州行政的蒯家是诸葛亮大姐的婆家；掌握军权的蔡瑁是诸葛亮的妻舅。最重要的是，当地行政军事首领刘表，因为娶了蔡家的女儿，亲上加亲，也就成了诸葛亮的表舅舅。如此复杂的社会关系网，怎能不让刘备心动呢？

于是，公元208年春，刘备三次到隆中草庐拜访诸葛亮。不过，刘备前两次都没见到诸葛亮。注意，绝对不是诸葛亮故意不见，而是因为他出去游山玩水去了，才和刘备无缘。

当然，第三次两人终于还是见上了。两人一拍即合，诸葛亮就在家中提出了著名的《隆中对》，为刘备分析了天下形势，提出先取荆州为家、再取益州成鼎足之势、继而图取中原的战略构想。

很多人佩服诸葛亮提出的三足鼎立，其实真正熟读历史的人，是很容易提出这个策略的。为何呢？我们就从东汉之前的历史说起。

当年韩信为齐王，项羽为楚王，刘邦为汉王，项羽的谋士就去劝说韩信，三家均分天下，各自占领地盘，这不就是三足鼎立的教科书版本吗？有现成的历史教材，搬来就可以实施，此种论断又能高明到哪里去呢？再说，提出三足鼎立观点的又不是只有诸葛亮一人，吴国的鲁肃提出的观点还比诸葛亮更早。

因此，刘备三顾茅庐的原因，除了诸葛亮的才华横溢之外，其中还掺杂着其他背后的诸多因素。

项羽：贵族少年出英雄

　　项羽，公元前232年出生在秦下相（今江苏省宿迁市宿城区）的一个贵族家庭。为何说是贵族？这就要从他的爷爷项燕说起。项燕这个人，大家都很熟悉。当年秦国和楚国打仗，秦将李信率领的20万大军被项燕打败，项燕也成了楚国一代名将。不过，好景不长，后来老将王翦率领60万大军将项燕打败，项燕自杀而死。

　　项羽就出生在这样一个贵族家庭，但是好日子没有过多久，楚国就灭亡了。项羽就只得跟着自己的叔父项梁流亡到吴县（今江苏省苏州市）生活。虽然项燕不幸身死，但是瘦死的骆驼比马大，项羽从小的生活条件还是相当不错。在项羽年少时，叔父项梁就教他读书，他学了没多久便厌倦了，后项梁又教他武艺，没多久他又不学了。项梁大怒。项羽说："书足以记名姓而已。剑一人敌，不足学，学万人敌。"于是，项梁又教授他兵法，但其学了一段时间后，又不愿意学了，项梁只好顺着他，不再管他。从这一点可以看出，项羽比一般贫苦家的孩子幸运。国破家亡时，穷人家的孩子在山上挖野菜，吃不饱穿不暖，许多人还饿死、病死了，哪里还有机会读书、练武、习兵法呢？

据史料记载，项羽身高"八尺有余"，按照现在看就是一米八以上。他的力气也很大，力能扛鼎，要是参加现在的世界举重比赛，很可能拿冠军。

项羽的确是高富帅，力气大，但绝对不是晃荡少年，他胸有大志，气吞山河。比如，有一次秦始皇出巡经过浙江时，才二十岁左右的项羽见其车马仪仗威风凛凛，便对叔父项梁吹牛说："有啥了不起的，以后我将取代他！"这句话可不能乱说，在封建社会，要是被上面知道你说了这样的话，那可是要砍头的。比他年长的刘邦也说过类似的话，刘邦当年看到秦始皇巡游时，也大言不惭地说："大丈夫就应该如此嘛！"笔者对这两处说法存有怀疑，怎么可能这么轻易一吹牛，就将后来的故事给说准了呢？极有可能是后来为美化帝王而编造的。

不过，年少的项羽虽然存在吹牛的嫌疑，但在公元前209年，他用实际行动展示了其英雄才华。当时，陈胜、吴广在大泽乡振臂一呼，揭竿而起，开始起义了。"王侯将相，宁有种乎"，陈胜、吴广胆子也真够大，以星星之火点燃了反秦的巨焰。项羽这时看到机会来了，便随叔父项梁在吴中刺杀了太守殷通，举兵响应。此役，项羽独自斩杀殷通的卫兵近百人。23岁的项羽，就这样带领八千吴中男儿，举起了反秦起义军的大旗，登上了历史舞台。

白起：战场名将抵不过一张嘴

提起白起，很多不喜爱军事的人，或许还真是不太熟悉。但是提到"纸上谈兵"这个成语，大家可能一下子就明白了。正是因为赵括毫无作战经验，只会"纸上谈兵"，才使得他自己率领的四十余万赵国兵士被白起在长平全部坑埋。这场战役也成了古代军事历史上最凶残的一次杀戮。那么，这场战争的最佳男主角——白起，到底是一个什么样的人呢？他又都经历过哪些悲欢离合？

白起，秦国人，"武二代"，其父亲是秦国的武将，立过一些战功。白起这厮，从小就受父亲的影响，对军事十分喜爱。当白起刚刚长大成人之时，他就被父亲带到了战场上，耳濡目染之下，白起对实战有了不少经验。后来，在魏冉的推荐下，秦昭襄王任用白起当将军，此后，白起可是威风顿起、立功无数，他攻过韩国、打过赵国、弄过魏国、搞过楚国，几大雄国，有一大半都被这厮给"收拾"了。

在多年的征战期间，白起算得上是一个"杀人魔王"。在长平之战中，白起杀赵国士兵45万人；在伊阙之战中，歼灭魏、韩联军士兵24万人；之后，他又攻楚于鄢，决水灌城淹死数十万人；攻魏于华阳，斩首13万人；与赵将贾偃战，沉卒两万人；攻韩于陉城，斩首5万人。白起所杀各国士兵，总计一百余万人。据梁启超先生考证，在整个战国期间，共战死约两百万人，其中，白起所杀人数就占二分之一。可想而知，白起这个"战争狂魔"在当时是多么可怕。

在战场上，白起除了杀人，最主要的任务还是为秦国攻城略地。他为秦国攻下了七十余座城池，数千里的土地。他平生一共打了大小战斗数十次，却没有吃一次败仗，遂被人称为"常胜将军"，有点类似于后来的韩信。白起与廉颇、李牧、王翦并称为战国四大名将，位列战国四大名将之首。

那时候，各大国的将领只要听到"白起"这个名字，就闻风丧胆、屁滚尿流。不过，白起虽然威猛，但在最后一战，也就是长平之战中，他却留下了败笔。

当时，白起坑杀赵国降兵 45 万人，这一残忍行为或许遭到了天谴。正当他要一举灭掉赵国时，嫉贤妒能的丞相范雎，却劝秦昭王退兵。昭王应允。韩割垣雍、赵割六城以求和，正月皆休兵。

居功自傲的白起，想到错失了这么一次立大功的机会，于是与秦昭王这个"大老板"开始闹别扭了。另外，当时的丞相范雎害怕这个"莽汉"大将军功劳超过自己，也多次在"大老板"秦昭王面前进谗言。再加上秦昭王多次派遣白起出征，但都被正在闹别扭的白起给拒绝了。"伴君如伴虎"，这真是千古真理。惹恼了老大，特别是有权力的老大，这个人当然没有好下场。最后，气愤异常的秦昭王下决心将白起赐死了。其实，这种事情许多帝王都干过。比如，后来的秦王嬴政，就赐死了吕不韦；汉高祖刘邦也赐死了为他打江山的韩信。

君要臣死，臣不得不死也。一代名将，再怎么厉害，也抵不过一张嘴，抵不过范雎的一张嘴，这是一张进谗言的嘴，更抵不过秦昭王的一张嘴，这是一张充满权力的嘴。

曾国藩靠"作弊"发迹

　　提起曾国藩，许多文人志士将其视为榜样，政治家更将其列为圣人。因为曾国藩像管仲、诸葛亮、张居正一样，是一个国家中兴的顶梁柱，功盖天地，世间少有。但是，再优秀的人，都有其发迹之初的故事，而曾国藩也有过一段"作弊"的陈年故事。

　　曾国藩从小聪明好学，颇有才能，在其 28 岁那年就考上了进士，并有幸成了军机大臣穆彰阿的学生。为了让自己的学生能有一番作为，穆彰阿准备向皇帝推荐爱徒。有一天，穆彰阿见道光皇帝时，便顺便吹嘘了曾国藩的才能，称其善于留神，过目不忘。道光皇帝听了这话，对曾国藩产生了兴趣。没过几天，他就召见曾国藩进宫，准备考察考察。当时，曾国藩被一个太监带到了中和殿。太监走后，只留下曾国藩一个人待在里面。曾国藩坐也不是，站也不是，便来回踱步，等待皇帝到来。但是，在中和殿等了大半天，曾国藩脚都站酸了，腿也立软了，也没见到皇帝的影子，心情十分焦躁，但也毫无办法，只有一个字——等。

不知过了多久，那位太监走了进来。曾国藩以为皇帝要来了，很兴奋，没想到，太监却告知他皇帝有事，不召见了，叫曾国藩先自己回去。

听到这，曾国藩郁闷难耐，十分沮丧，带着满脸的遗憾和惶恐回到穆彰阿府上，并一五一十将经过告诉了老师。在了解情况后，穆彰阿感到不解，他仔细询问曾国藩所有细节，从中得知在中和殿墙上挂着清朝历代皇帝的图画及圣训。知道这细节后，穆彰阿心底豁然开朗，叹道：原来如此。

于是，穆彰阿便问曾国藩是否记住了墙上清朝历代皇帝的圣训。曾国藩这时才猛拍脑袋，心都凉了半截。他焦急地说道："坏了，坏了，当时我只管在听门外皇上是否到来，哪里还有闲心看墙上的图画啊，更别说图画里关于历代皇帝的圣训了。这可咋办啊？好不容易的一次机会就这么丢了。老师，您可得救我。"穆彰阿也十分着急，他深知道光皇帝肯定要不了多久，就会再次召见曾国藩进宫。要是问起墙上的图画，曾国藩答不上来，自己的推荐就付之东流了，曾国藩的仕途也彻底无望了。

师徒两人急得像热锅上的蚂蚁，但又毫无办法。正在这时，宫里的王公公来找穆彰阿办事。穆彰阿想到这王太监肯定又是来向自己求情，帮他的侄儿谋个县令的职务，心里就烦躁。他随口便吩咐家丁告知王公公，说自己现在正忙着呢，没有空，叫王公公改天再来。

正当家丁走出门口去回话时，穆彰阿猛然醒悟，立即喊住家丁，对他说："你快去叫王公公在客厅等我，我一会儿就来。"于是，穆彰阿立即前往客厅，会见了这位宫内的王公公。两人客气地寒暄之后，王公公便小心地问道："领导，上次我那侄儿在县上谋个职务的事，您可得多关照啊。"

"这事啊，小事嘛，我立马给下面招呼一声，三天之内就有结果。你侄儿就安心上任去当县令吧。"穆彰阿拍着胸脯保证道。

"穆哥啊，这事真感谢你啊。以后需要小弟的地方尽管说，上刀山下火海，在所不惜。"听到穆彰阿为自己侄儿找了一份好工作，王公公心里特别高兴，感激之情溢于言表。

穆彰阿谦虚退让了一会儿，又若有所思地说道：

"哦，对了，我想起了个事，还真需要兄弟帮忙。这两天我正想写一份大清历代先皇功绩录，还差点材料。你看能不能把中和殿上挂的历代先皇圣训抄好给我，我好写在文章里。"

"我说是什么事呢，原来就这件啊。领导，这事就包在小弟身上了。俺没什么本事，但抄这圣训，对我来说，可谓易如反掌啊。您等着，我回去就抄，晚上之前就给您送到府上。"王公公一听，原来是一件小事，顿时答应了下来。

当天下午，穆彰阿就拿到了王公公抄来的清代先皇圣训，并递给了曾国藩。曾国藩立即拿回家，挑灯夜战，彻夜诵读，硬是把这些圣训都记住了。

果不其然，第二天早上，道光皇帝就召曾国藩进宫。正如他和穆彰阿所料，皇帝真的问了墙上历代皇帝圣训的事。曾国藩一听，底气十足，于是熟练地将圣训给背了下来。道光皇帝很是吃惊，觉得曾国藩是个不可多得的人才，于是便封曾国藩为礼部侍郎。

靠着这次"作弊"，曾国藩顺利踏进官场。从此以后，他平步青云，大展宏图，仕途极为顺利，不仅立下了赫赫战功，还为清朝的中兴做出了不朽贡献，并永载史册，光照千秋。

苦命才子郑板桥

提起清代才子郑板桥，很多人就会想到其才华横溢，诗、书、画均达顶峰，世称"三绝"。然而，许多人都只看到郑板桥光鲜照人的一面，却忽略了郑板桥的苦命人生。首先，郑板桥没有李白那样好的家境，不是"富二代"。其次，他更不像杜甫那样是"官二代"。杜甫的爷爷杜审言是当时的诗坛领袖，父亲杜闲是奉天县令，杜甫青年时期靠家里出资漫游四方。郑板桥的父亲郑立庵，仅是一个穷秀才，一辈子也没考上举人，更别说混个一官半职。唯一值得庆幸的是，郑板桥从小接受文化教育，读书学习没被耽搁。

准确地说，郑板桥是 1693 年 11 月 22 日出生在江苏省兴化市境内。他出生时家境已中落，生活拮据。郑板桥幼时，不仅没能吃上营养食品，连母奶的质量也无法保证。他的生母汪氏一直多病，奶水不足，在郑板桥3岁时就一命呜呼。郑板桥小小年纪就失去了亲生母亲，可见其童年还是很凄苦的。尽管这样，郑板桥的父亲还是坚持让板桥3岁就开始识字，一是想将自己一生追求中举的希望寄托给儿子，二是期望儿子能学有所成，有所作为。郑板桥十分聪明，在八九岁时就能作文联对。之后，他又师从陆种园先生学习填词。郑板桥学习十分认真，得到了老师的表扬和好评。

尽管郑板桥学习上有进步，但家庭却不断出现变故。生母汪氏去世后的第二年，他的父亲郑立庵再婚，娶了郝氏。继母对小板桥十分不错，像亲生儿子一样。但天有不测风云，郝氏虽然贤惠，但毕竟郑家太穷，经常挨饿，本已体弱的她，没过几年就得病了。在郑板桥14岁时，继母郝氏去世。生母死了，继母又死了，沉重的打击给未成年的板桥留下了深深的伤痕。

于是，郑板桥更加发奋读书，学习相当用功。在19岁那年，他就考中了秀才。虽然比不上白居易、苏轼在20岁左右就考中进士，但是在郑板桥的家乡，19岁能考中秀才也算光宗耀祖，值得夸耀一番了。考中秀才后不久，郑板桥结婚了，结婚时他23岁，妻子是徐氏。为了养家糊口，同时想继续深造考科举，郑板桥去了扬州，准备在扬州闯下一番天地。由于他体力不行，不能干重活，也没有技术，一时找不到好的发展道路。但是，生活还得继续，郑板桥只能在扬州到处卖字画。那时的郑板桥，仅仅只是一个秀才，没有加入什么诗画组织，身价根本就不高。虽然他的字画作品十分优秀，但在扬州这样的大城市，他却无人赏识，很不得意。

在 20 岁到 30 岁期间，郑板桥又考了几次科举，但是屡屡不中。失意的郑板桥有时竟也去逛逛青楼，借酒浇愁，显得格外消沉。屋漏又遭连夜雨，30 岁这年，他的父亲也因家庭穷困而病死了。父亲死后不久，徐氏为他生的儿子也因饥饿而死，郑板桥的境遇凄惨。痛失爱子，郑板桥和妻子徐氏十分悲伤，但又毫无办法。为了从痛苦中走出来，郑板桥一个人出去散心，他相继游览了江西、北京等地，在游览中有幸结识了康熙皇子慎郡王允禧，即紫琼崖主人。与此人认识，成为郑板桥一生的转折点。

郑板桥游览各地后回到扬州，准备再图科举。但是，薄命的妻子徐氏在郑板桥 39 岁那年，就因病去世了。人到中年，郑板桥却已相继失去了生母、继母、父亲、儿子、妻子，这一连串的打击让他悲痛欲绝，无法自拔。

或许是他的苦命到了尽头，或许是上天开眼，在郑板桥40岁那年，他参加科举考试并成功考中举人。44岁那年，他又考上了进士。之后，郑板桥遇到了自己的粉丝饶氏，这个漂亮贤惠的女人嫁给了他。有了进士身份的郑板桥再次荣归扬州，身价和名气大增，他的字画连同旧作都被世人当作珍品。这时的郑板桥慨于炎凉的世态，特地刻了一方印章盖在他的作品上，印文为"二十年前旧板桥"，多少也带点自嘲的意味。

1741年，49岁的郑板桥在扬州甚至全国都是知名人物了，于是他凭着进士身份到了北京，得到了慎郡王允禧的热情款待。1742年，也就是乾隆七年，50岁的郑板桥当上了范县的县令。52岁时，姜饶氏生子。54岁时，郑板桥由范县改任潍县，连任7年。61岁时，郑板桥卸去县官职务，以卖画陶冶情操，直至73岁与世长辞。一代才子前四十年辛苦，后三十年转运，才真正享受到了幸福。可见，富贵在天，志成在己啊！

姜子牙老师是怎么"炒作"的

提起姜太公，许多人会想起《封神演义》中那位呼风唤雨近乎神的军事统帅。其实，真实的姜太公，哪里如此？

姜太公，本名姜尚，这人有几大特点：一是活了七十多岁都没有得到重用，二是本来想靠创业发家致富，但因为没有生意头脑，卖什么都亏了本。

这足以说明，在生意方面，他只能是"武大郎"，不能成为"西门庆"。一眨眼，姜尚就快八十岁了，但他仍未发迹。人已老，但脑袋也灵光了，他终于明白，要想成功，就得引起王侯的注意。

但自己不出名啊，怎么办呢？姜尚就想到了"炒作"。于是，他在渭水河畔钓鱼。

他"钓鱼"是个幌子。人家用弯钩和蚯蚓钓鱼，他却用直钩钓鱼，还没饵料，目的就是故意引起过往路人的注意。终于，有那么一位爱管闲事的人发现了这一"奇观"，专门给"媒体"爆料。很快，姜尚直钩钓鱼的新闻，就被各大"媒体"宣传报道了。效果果然不错，一传十，十传百，传到了周文王的耳中。周文王觉得有意思，派了个大臣去问。姜尚又卖起关子，忽悠这位大臣道："大鱼不来，小鱼来。"

大臣回去将事情与周文王说了，周文王更吃惊，觉得这姜尚竟把自己比作"大鱼"，胆子不小，可见其必有一些本事。

周文王便和儿子姬发一同去渭水河畔请姜尚。见面后，经深入交流，周文王才明白这老头原来是个大才子，大有相见恨晚之势。周文王立即将其召回宫内，一同谋划了反殷的大事，最终打败纣王，成就一世霸业。

姜太公除了拥有不错的军事才能，还是一个长寿星，据说他活了一百三十多岁。现在，也真是一个奇迹了。

姜太公的故事告诉我们："炒作"，或许是一个人成功的手段，但绝不是万能的钥匙。因为"炒作"的前提是，你得有真才实学啊，不然就像河里的一条鲫鱼，在火上一烤，就被烤馊了。

这就正如姜太公的子孙，没有本事，别说"炒作"，就是给你万亩良田、千万资产，也无法守住祖宗基业，最终还得被田氏吞并。

赵普：半部《论语》治天下

话说，宋太祖赵匡胤成功操盘"杯酒释兵权"这一场好戏后，着实过了一段时间的安稳日子，几乎夜夜风流，格外舒畅，胜似在天堂。

可是，好景不长。一天晚上，赵匡胤到一个妃子那里去，正巧看到这个妃子满脸愁容，脸上还有泪珠。赵匡胤很纳闷："咦，这是为何呢？现在国家统一，人民安康，作为我皇帝的女人，高兴还来不及，为何还要哭泣呢？"于是，赵匡胤便轻手轻脚地走近妃子，一看才知道，这个女人正入神地望着一个铜镜。铜镜都已经起了许多裂痕，看来有一些年代了。赵匡胤随即走上前去，原来旧铜镜上有几个大字，定睛一看，上面刻着"乾德四年铸"。

赵匡胤心里略略咯噔了一下，心想，为何一个旧

镜子上，写着的却是"乾德四年铸"，不正是大宋的
"乾德四年"？难道古代的镜子，穿越到了现在？

　　赵匡胤没有将自己的疑问对妃子说，但心里却像
打了一个结，总是释不开。第二天上朝时，当大臣们
像往常一样汇报有关事情的情况和进展后，赵匡胤便
将几位宰相叫到身边，开始问这个问题。他以为作为
宰相，上知天文，下知地理，这个事应该知道吧。但
事情却大大出乎他的意料，留下来的几位宰相都不清
楚。随后，他又问了文武百官，他们都摇摇脑袋，一
问三不知。

　　这惹得赵匡胤生气了，他大声骂道："你们这些猪
脑袋，都干啥的，偌大的朝廷，一个人都不知道，真
是悲催啊，唉，没文化真可怕！"赵匡胤心里嘀咕，
这些当官的，一天就知道吃喝嫖赌，脑袋里都装着豆
腐渣。平时行贿受贿，专业得很，遇到问题，就搞不
醒豁了。

　　经过几天的探寻，整个朝廷终于找到了两个人知
道此事。他们都是翰林学士，分别是陶谷和宝仪。宝
仪对赵匡胤说："这一定是蜀地的器物，过去伪蜀王衍
用过这作为年号，应该是那个时候铸造的。"赵匡胤这
才明白，他感叹道："看来打天下需要粗人，但治理天

下可得要文人啊。"从那之后，赵匡胤主持殿试，大量选拔文化人作为国家的栋梁之材，其中不乏出身孤寒的读书人获得了做官的机会。于是乎，在宋朝，文人可是待遇丰厚、前途大有了。

这也引出了后来的一个典故：当时的第一丞相叫赵普，本来人很聪明，在宋太祖夺取天下时，还出了不少计策，立了大功。看到赵匡胤对文人的重视，一向懂得见风使舵的赵普，立马就明白自己要加强学习了。再加上赵匡胤在退朝之后，将赵普拉到一边，对他说："虽然你很聪明，但是朕觉得你应该多读点书，有文化对治国大有裨益。"听到皇帝这么鼓励和暗示，赵普人到中年才开始勤奋起来，每天退朝之后，便躲进自己的书房，天天阅读，没过几年赵普就积累了不少知识，颇具才华。在之后处理政事中，这些知识给赵普带来了不少好处，他处理政务精准而独到，大受皇帝好评。

由于辅助治国井井有条，一些同行便向赵普"取经"。赵普害怕别人知道自己是因为勤奋努力、博览群书才有的成就，于是便想到了一个噱头。当有大臣问他是如何治理国家时，他便煞有介事地解释道："治国嘛，其实是一件很简单的事。我赵普一生就读一本书，这本书就是《论语》。但是,《论语》我还没有看完,只看了一半。"听了赵普的神吹,朝中就传开了,都纷纷夸赞赵普是天才,半部《论语》就能治天下,大家个个羡慕不已。这个典故也被后来的一些读书人信以为真。

刘禅并不是"扶不起的阿斗"

有一句俗话叫"扶不起的阿斗",主要针对刘备的儿子刘禅而言的。于是,许多人借此便认为刘禅很傻,笨得就像头猪。但是,我个人认为,刘禅其实并不傻,反而还有一些大智若愚。

先从刘禅登基说起。刘备死后,刘禅继承了皇位,这时诸葛亮迫不及待地开始实施"恢复中原"的宏伟理想。最先,他率兵大举南征,平定了南方少数民族的叛乱。紧接着,他又着手开始北伐,几乎没有休息和整顿。见到诸葛亮不断发动战争,劳民伤财,大费国力,刘禅对此颇有意见。他规劝诸葛亮道:"相父刚刚南征回来,坐未安席就欲北伐,是不是太急了一点?"刘禅的意思很隐晦,是在暗示诸葛亮此时应该罢兵整顿,而不是一味地征战。但诸葛亮装作不解此意，依旧坚持自己的北伐战略，并痛哭流涕地写了一道《出师表》。刘禅见诸葛亮八头牛也拉不住，索性便做跷脚老板，不管这档子事了，随你诸葛亮这把老骨头去折腾吧。后来，诸葛亮因劳累过度，死在了五丈原。办理完诸葛亮的丧事后，刘禅立即下令全面暂停北伐一事，闭门休战，使得蜀国得到了短暂的休养生息。

还有一件事，便是魏延谋反。当时，魏延和杨仪同时上书状告对方谋反，朝中大臣们顿时犯了难，谁也摸不清谁真正谋反。但聪明的刘禅却看出了端倪，他敏锐地指出其中破绽，就是魏延把栈道给烧毁了。魏延在讼词中声称自己是因为抵抗杨仪，才烧毁了栈道，但刘禅看出魏延纯属是瞎掰，魏延烧栈道肯定出于其他考虑。因为，在战场上，作战丰富的武将魏延，怎么会惧怕杨仪这样一介文官呢。唯一的理由就是真正造反的是魏延，而不是杨仪。结果，后来事实证明，刘禅的推断完全正确。

看过《三国志》的朋友，或许还记得这样一个情节。书中记载，刘备在给刘禅的遗诏中提到，诸葛亮曾向射援（蜀汉名臣，是蜀国"东州集团"里数一数二的重臣）称赞刘禅天资聪慧，器量宏大，能够超越别人对他的期待。诸葛亮很少夸人，但他却向名臣射援私下夸赞刘禅，这绝不是为了拍马屁，更多的可能是说实话。刘禅到底聪明与否，识人无数的刘备最清楚。作为一代枭雄，刘备不会笨到将大好江山交给一个痴呆儿，因为他并不只有一个儿子。

最有说服力的一个理由便是，后主刘禅17岁继承帝位，58岁才失去皇位，当皇帝整整41年。而诸葛亮辅佐的时间只有12年，29年没有像诸葛亮这样的雄臣掌舵。自古以来，皇帝中能当满41年的并不算多。那么，一个帝王能执政41年，却说他是"扶不起的阿斗"，的确太过牵强。因此，个人觉得刘禅虽没有文韬武略，但其智商至少不低，常理情况下，应该还有那么一点点智慧。

文人都清贫，是真的吗

记得读书时，常听一些老师讲课说，文人大多一生清贫，还常常怀才不遇，日子过得比黄连还苦。出来工作后，更有不少朋友称，别做文人啊，那会儿毕生困顿和寒酸，爱不起这个行当。这些看法和意见，似乎就一直围绕在我们的耳边。然而，纵观中国文学史，发现历代凡是有些名气的文人，一直在被这些朋友所误解。

首先从春秋战国时期开始，孔子是孤儿，但由于其才华出众开了学校，弟子三千，之后又当了鲁国的大司寇。再说老子，楚国人，做过周朝的守藏室史，著述颇丰，影响千古。其次是庄子，战国时期宋国人，曾当过漆园吏，后楚威王派人聘请庄子前去做宰相，竟被其一口拒绝。庄子一生逍遥，文章豪迈，冠绝千秋。

再说唐朝，李白是"富二代"，还到首都长安当过翰林供奉，工作在翰林院，写文章在金銮殿，能常常与皇帝见面。书上一直标榜的困顿才子杜甫，其实也是"官二代"，爷爷是文坛"大咖"，父亲是兖州司马，自己又当过河西尉。张九龄是宰相，贺知章是秘书监，王维是尚书右丞、宰相，元稹是宰相。就连最穷的孟郊和贾岛，也分别当过小县城的县尉和主簿。

宋朝，王安石是宰相，欧阳修是参知政事，司马光是宰相，范成大是参知政事，苏轼是礼部尚书，苏辙是宰相，陆游是宝章阁待制，五品官员。最穷的柳永，也曾任屯田一职，其父亲柳宜还是工部侍郎。

清朝，纳兰容若，为武英殿大学士明珠的大儿子，豪门贵族。曹雪芹，其曾祖父曹玺任江宁织造，曾祖母孙氏做过康熙帝玄烨的乳母；祖父曹寅做过康熙皇帝的伴读和御前侍卫，后任江宁织造，兼任两淮巡盐监察御使，极受康熙宠信，货真价实的百年望族。就连被世人称为最穷的蒲松龄老前辈，家里也算小康，成年后给县令当了 3 年秘书，给退休的"省部级官员"当了 30 年的私塾教师，其父亲还是乡里"土豪"，捐资修过城墙。

　　古代的文人太多，几乎无法一一列举。但是，纵观这些文人的生活和背景，才发现人家过的日子可比一般草根好多了，滋润多了。各位看官啊，同情人不要太过泛滥，不要动不动就说文人清贫的生活不可取，令人同情。其实，无论是他们的家庭背景，还是工作待遇，都比一般人更优厚。要是再谈起文学成就，那就更没得比了，人家可是在史书上留下姓名的人。人和动物的最大区别，就是人有了文化和历史。没有精神延续，人就是动物。因此，文人清贫，落魄潦倒，一直就在被大众所误解。

谢安：我是"富二代"，但我有分寸

在中国古代战争史上，淝水之战可以算是一场以少胜多的经典之战，而此次大战的领导者与决策者谢安更因此而名扬千古。那么，谢安到底是一个什么样的人，他的家庭背景如何，其仕途又经历了哪些曲折和变化？

了解一个名人，不要只看他的表象，更应该深层次地去挖掘其背景。比如谢安，首先他不是"农二代"，更不是草根，而是"官二代""富二代"和"文二代"，兼三者于一身，真是荣富至极。于是乎，这厮年轻时并不想当官，一心只干自己喜欢的事。这点令人很羡慕，许多草根一生下来就得为生计发愁，其他就是奢望了。

据史料记载，谢安的祖父谢衡是大文人，西晋有

名的儒学大家，担任过太子少傅。父亲谢衮又是吏部
尚书，弟弟谢万又是豫州刺史，监司豫、冀、幽、并
四州军事，一家人都是大官。谢安又喜欢文学，于是
他便整天游山玩水，过着神仙般的日子，有点类似
"富二代"们，每天开着"豪车"，出去旅游兜风。他
和王羲之、许询等名士谈天说地，畅聊文学和人生。
这样神仙般的日子差不多过了二三十年。到谢安40多
岁时，祖父死了，父亲也死了，连弟弟谢万也因兵败
被革职。这下身在蜜罐中的谢安顿时慌了，怎么办才
好呢，一下失去了靠山，家境也渐渐衰落，好日子没
法过了，苦日子也相继到来。无奈之下，谢安决定出
仕当官。

　　由于家里有着良好的仕宦基础，再加上40多岁
的谢安本身就很有才华，不像高衙内那样的"官二
代""富二代"，长得丑，还没文化，开着"豪车"出
去欺负老百姓，调戏良家妇女。人家谢安再怎么游山
玩水，做的也算高雅的事。于是，人已中年的谢安，
便想方设法去谋了个官职，最开始是做司马，随后做
太守，最后竟做到了吏部尚书、司徒等职。再后来，
前秦苻坚率百万雄师攻打东晋王朝，谢安临危受命，
在淝水之战中，一战成名。

　　此次战役中，谢安以8万军队对抗苻坚的百万雄师，取得大胜，并出现了"草木皆兵"这一流传千古的成语。谢安也从"三二代"变成了真正名副其实的"雄一代"，其名声超越了自己的祖辈，打下了自己的一片天地。这有点类似于比尔·盖茨和巴菲特，比尔·盖茨的父亲是西雅图的著名律师，家里经济条件相当不错，为比尔·盖茨创业提供了很好的经济基础，说俗气一点就是有了人生创业的第一桶金。巴菲特的父亲是股票经纪人，还是富豪，在巴菲特10岁时，父亲就带他拜访了当时华尔街上最有声望的高盛投资银行高级合伙人、也是华尔街上规模最大的股票经纪公司负责人西德尼·温伯格。这些有利条件，就像一部梯子，为比尔·盖茨、巴菲特的成功创造了必要的基础。

　　因此，谢安的故事告诉我们，三十年河东，三十年河西，即便是豪门望族，也避免不了家道中落。如果，作为"富二代""官二代"，自己没有才华和本事，其境况就可想而知了。富贵在天，祖上帮忙，锦上添花主要还要靠自己啊。

别惊讶，陆游可是"官二代"

公元 1125 年，陆游在越州山阴（今浙江绍兴）出生。这一年有什么背景呢？

原来在这一年，那位出名的"画家"兼"被俘皇帝"身份的宋徽宗赵佶，已经执政到了第七个年头，而北边的金朝皇帝太宗，正好命令将军完颜斜也为都元帅，统领金军攻打北宋首都汴京（今河南省开封市）。由于北宋主战派李纲的顽强抵抗，金兵无法攻入汴京，双方于 1126 年签订"宣和和议"。与此同时，金国俘虏了逃亡中的辽国天祚帝，辽国自此灭亡。辽国灭亡后，北宋和金国之间的缓冲带就再也没有了，宋金成为劲敌，两大国之间"不是你死，就是我亡"，都准备甩开膀子大干一场。从这点来看，陆游还真不幸，遇到了一个"傻"皇帝。

当年，宋太祖赵匡胤深知必须将北汉留下，以抵抗辽国的进攻。而宋徽宗竟"傻傻"地联合金朝共同灭辽。所谓"联合"，一般都有技术成分，自己是板上的鱼，就别去干猫做的事。陆游就是稀里糊涂地出生在这个战乱年代，他注定过不了清闲幸福的快乐日子，对于苏轼、晏殊、欧阳修等文坛大腕所过的太平日子，也就只有羡慕的份儿了。

虽然陆游出生的时代背景不好，但是他并没有生在贫苦农民家庭。因为，要是"农二代"，陆游也就有可能像朱元璋那样，喝不起汤、吃不起饭，只能给地主放牛，牛要是没吃饱，回家就得被地主张三、李四用鞭子抽打。至于读书，那就如"水中捞月，梦里看花"，是奢侈和妄想了。当然，他就更不可能考中科举，走进官场了。

运气不赖的陆游，投胎总算投到了一个好地方，很幸运地生在一个官宦家庭。他的父亲陆宰是南宋著名的藏书家，家有藏书数万卷，被称为"越州藏书三大家"之一。除了藏书之外，陆宰还是一个地方官员，在徽宗政和年间，为淮西提举常平；宣和六年（1124 年），为淮南东路转运判官，迁京西路转运副使、淮南路计度转运副使等。不过，作为陆游一家人，最应感谢的不是陆宰，而是陆轸。因为直到从陆轸开始，陆家才正式进入官场。陆轸是陆游的高祖，7岁就能吟诗，后来因为才华出众，很年轻便考上进士，从一个农家少年，一跃成为国家官员，当过吏部郎中等、追赠太傅。当然，陆游的亲人中还有一些官员，比如他的祖父陆佃，在哲宗当政时做过礼部尚书；陆游的大哥陆淞，当过辰州太守；二哥陆子清任过岳州知州。

陆游生活在这样的官宦家庭，读书学习的条件可想而知，自然要比孔子、庄子、郑板桥、蒲松龄等人幸运得多，肯定不会有读书把家读穷，还得背一身债的情况。在大多数情况下，经济基础决定上层建筑，陆游之所以能成为南宋的头号诗人，除了他自己的天赋外，还有就是他家的经济条件，这也是他取得成功的更直接的因素。

李白的飘逸与经济收入有关

李白为何一生飘逸洒脱呢？我认为，除了他的性格和文学天赋以外，还有一个最大的因素，就是李白具备雄厚的经济实力。

首先，李白是四川江油人，他爸李客可能做盐铁生意发了财，类似于现在的煤炭老板。李白从小在一个富裕的环境中长大，属于"富二代"，他熟读儒家经典，接受了良好的文学教育。24 岁不到，李白便离开四川，携带巨款到外地漫游。其中，在扬州漫游时，他为救济落魄才子，一年就花掉 30 多万钱。那么，30 多万钱是什么概念呢？在唐朝，一斗米卖 25 钱左右。而一斗米相当于现在 12.5 斤，算下来也就是 2 钱一斤米。现在米的价格也差不多是 2 元一斤，因此 30 多万钱就相当于现在的 30 多万元人民币。

其次，婚姻给予了李白经济支持。27岁这年，李白花光了从家里带来的巨款。这时，他遇到了第一个妻子许氏。许氏是唐高宗时宰相许圉师的孙女。后来，他又讨了个妻子宗氏，是武后时期的宰相宗楚客的孙女。两个妻子都生在宰相家庭，可想而知，李白倒插门当女婿，肯定是不愁房子和车子，平时的零花钱更是不少。

另外，朝廷的馈赠也很重要。李白通过"特招"进入长安，成为皇帝身边的翰林供奉，相当于翰林学士替补。办公都在翰林院，写文章还在金銮殿，并可以与皇帝常常见面。后来，李白见自己只是个御用文人，再加上有小人中伤，便不得已离开长安。于是，唐玄宗对其"赐金放还"。这个"赐金"很有意思，主角是皇帝，皇帝出手绝不会吝啬的。

最后，李白是大唐王朝的文坛大腕。当时的李白也常写文章挣稿费，不少达官贵人以求得李白的诗文为荣，他们得到李白亲笔写就的诗歌时，便会出一大笔润笔费。

从上述情况所知，李白一生从未缺过金钱，生活过得有滋有味，在游览大江南北、壮丽河山时，他才能极度洒脱和自信，其写成的诗文也才会那么飘逸奔放。

杜甫："官二代""啃老"非长久之计

　　杜甫（公元712年—770年），出生在河南巩县（今郑州巩义市瑶湾村）。他也算出生于官宦世家，其祖父杜审言与李峤、崔融、苏味道齐名，世称"文章四友"，在初唐是有头有脸的人物，相当于现在的文坛大腕，其祖父还任了一些官职，如任隰城尉、洛阳丞、修文馆直学士等。杜甫的父亲杜闲做过奉天县令、兖州司马等。杜甫外祖父的母亲是舒王李元名（唐太宗之弟）的女儿。杜甫的祖父是官，父亲是官，母亲那边也是大士族，说得好听点，就是他不仅给皇帝打工，还和皇上有点亲戚关系。杜甫在这样的家庭环境下，从小娇生惯养，生活富足。封建社会的官宦世家注重对孩子的培养，因此对杜甫的学习一点没有放松。从小，杜甫就肩负着振兴家族的使命，贪玩之余，要刻苦学习，诵读诗文。由于文学天赋突出，十多岁的杜甫就开始崭露头角，诗文在洛阳小有名气。洛阳名士崔尚、魏启等看了杜甫的文章后，十分惊叹，并盛赞杜甫是班固、扬雄再生。听了几位当地文坛大腕的称赞后，杜甫的屁股就翘上了天，屈原、贾谊、曹植等文豪，他也不放在眼里了。二十岁不到，这个"纨绔子弟"便找了一个冠冕堂皇的理由："读万卷书，行万里路"，迫不及待地准备漫游全国，游山玩水。这事要是搁在一般的寒门家庭，肯定会被农民父母大骂："你神经病啊，东想西想，家里的庄稼都没人种，游手好闲，饿死你。"当年刘邦就被父亲这么骂过。但杜甫家里有钱，他不仅没被骂，还得到家里的大力支持。于是，从公元731年开始，杜甫就背着行李，揣着巨款，或许还带了一个书童，到了吴、越、齐、赵等地旅游。期间，杜甫游黄河，渡洛水，下江南，看扬州，览长江，当然也不会忘记去亲戚那里蹭饭吃。比如，杜甫的叔父杜登在武康（浙江湖州）当县尉，杜甫到了武康后，杜登肯定给了他一笔钱。江南风景如画，佳人似玉，加上他叔父的经济支持，杜甫这一玩就不想走了。在江南这个人间仙境，他一下就待了4年。如果4年的行走也算是旅游，那的确是一个奇迹了。4

年里，除了看戏，在大街上打望，杜甫当然也抽时间拜访了吴王阖闾的墓地，游览了虎丘山的剑池，观赏了瓦官寺顾恺之的维摩诘像壁画……

正当杜甫"乐不思蜀"之时，家里发来了紧急"电报"：科举考试开始报名啦，你速速赶回来考试！接到"电报"后，杜甫依依不舍地离开了江南，回到了他的故乡巩义县，请了县府保送，这一年是公元735年。

杜甫可能因这几年游山玩水把考试所需要的知识忘了，再加上全国约三千人参考，只录取27名，竞争激烈，杜甫不幸科举落榜，这一年他24岁。"没关系，你还年轻，复读再考！"祖父、父亲见杜甫没考中，便又鼓励他。杜甫心想："我才二十多岁，年轻着呢，以后机会有的是。"于是，没有过多悲伤，杜甫又背着行囊去齐赵等地游玩了。这时，他的父亲已经在兖州做司马，经济方面不用愁。在游览期间，杜甫认识了另外一个"富二代"苏源明，于是，两个轻狂青年相约骑着马，唱着歌，拿着弯弓射大雕，追野兽。

这样的晃荡日子又过了几年，杜甫依旧没考上科举，年纪大了，在家里催促下结了婚（妻子是司农少卿杨怡的女儿）。但他依旧没有静下心来，而是继续游山玩水。直到公元744年，杜甫遇到了比他大11岁的李白。

　　那时的李白，可是全国著名的大诗人，文坛顶级大腕。在洛阳见到自己的偶像，33岁的杜甫很激动。见面之时，杜甫免不了对他说几句吹捧羡慕之词，还主动请求与李白一同出游。经不住杜甫的再三邀请，李白最终答应了。于是，两个跨世纪的伟大诗人开始了一段奇特的经历。在游览中，杜甫被李白身上的气质和风采所深深吸引，他们一同渡过浪涛汹涌的黄河，攀登王屋山，参拜道士华盖君（当时已死去）。没过多久，他们又遇到了另一位知名千古的大诗人高适。看到高适没什么钱，李白、杜甫便将身上的钱分给了高适一些。于是，三位诗人便一起度过了浪漫而放荡的秋天。李白有钱，杜甫不穷，高适蹭饭，三个人便一起喝酒聊天，打猎看风景，大家玩得格外舒畅。天下没有不散的宴席，没过多久，三人还是分手了。之后，高适去了楚地，杜甫要去长安考试，李白则去重游江东。

　　公元746年，35岁的杜甫到了唐朝的首都长安。从24岁到35岁，杜甫参加了好几次科举考试，但都没有考中，他就想在京城等待机遇，获得一定官职。很快，机会来了，公元747年，唐玄宗下诏，让天下有一技之长的人入京赴试，但由于李林甫嫉贤妒能，这一次应征的举人中，朝廷一个人也没选。李林甫说，全天下的才子都被收入官府了，下面没有人才了，昏庸的唐玄宗居然也信了。于是，36岁的杜甫又一次失败，那时的他，感到了悲伤和愤懑。之后，杜甫还写了一首诗表达自己的悲愤："破胆遭前政，阴谋独秉钧。微生沾忌刻，万事益酸辛。"

屋漏又遭连夜雨。考试失败不久，杜甫的父亲就去世了。一向用钱大手大脚又不懂挣钱的杜甫，生活顿时陷入窘迫。在长安，他的生活一天不如一天。为了生存下去，杜甫不得不给一些富贵人家当"宾客"，写一些溜须拍马的文章，但微薄的收入不能改变杜甫的困窘。公元751年，已穷了好几年、快要揭不开锅的杜甫终于找到了机会。这一年，唐玄宗举行盛典，无路可走的杜甫感到机会来了，便写了三篇《大礼赋》，把《进三大礼赋表》献给了皇帝。想不到这三篇赋居然起到了效果，玄宗读了之后十分惊叹："李林甫不是说没才子了吗，怎么民间还有这样的大才子？"于是命令宰相面试杜甫。一天之内，杜甫声名大噪。但后来因为李林甫再次作梗，杜甫的任用又无下文。其间，杜甫的妻子在长安住了不到一年，因为太穷，住不下去，便回了娘家生活。孤单的杜甫还是不死心，继续在长安苦等机会，又过了3年，也就是公元754年，杜甫写了《封西岳赋》等文章进献给宰相等人。公元755年，上面给杜甫安排了一个职位，便是河西县尉。由于杜甫是文官，他便讨价还价要了一个参军的职务。从那时起，杜甫才慢慢任了一些小官职，如"左拾遗"等。

公元770年，杜甫在湘江的船上去世，那年他59岁。这位伟大的诗人，从"官二代""啃老族"，最后失去依靠沦为困顿的落魄子弟，其经历不免让人悲伤。杜甫的一生是戏剧性的，他20岁之前，过足了富裕的生活；20岁到36岁，无忧无虑游山玩水，还讨了漂亮的老婆；在36岁之后，父亲死了，自己没有生活技能，只能穷困度日。要不是因为能写一手好文章，再加上奸臣李林甫死了，杜甫可能就如蒲松龄一样，最后落魄老死。不过，值得庆幸的是，正因为杜甫曲折的一生，以及中年之后的凄凉，这位伟大的诗人，才真正接触到了底层人民的生活，写出了众多不朽诗篇。塞翁失马，焉知非福！杜甫曲折的一生，对诗人来说，或许是一种幸运。

白居易直言进谏险丧命

唐代著名诗人白居易曾担任过左拾遗一职，左拾遗是谏官，白居易特别看重这个职位，常常冒着生命危险当着皇帝的面直言进谏，他较真的劲儿惹恼了当时的皇帝唐宪宗，差点儿丢掉了性命。唐宪宗曾私下当着其他大臣的面说："白居易这个小子真不懂事，他是我亲自提拔的，居然还常常当面批评我，让我下不了台，真让人气愤，以后一定要修理修理他！"

在古代历史上，最出名的谏官当属魏徵。魏徵死后，唐太宗恸哭长叹，还叹成了几句千古名言：以铜为镜，可以正衣冠；以古为镜，可以知兴替；以人为镜，可以明得失……魏徵殂逝，遂亡一镜矣。但唐宪宗却没有唐太宗的魄力和胸怀，当然其还不算是暴君和昏君，因此白居易最终没丢掉性命，算是比较幸运了。

白居易直言进谏有几个比较典型的例子。有一次，唐宪宗觉得荆南节度使裴均为自己当皇帝立下了汗马功劳，便想把裴均调到长安来当宰相。白居易一听到这个消息，立即上疏阻止，上疏的大概内容是，作为地方节度使，本来平时就不听朝廷使唤，又拥兵自重，再把他们调到长安来，简直是不明智的。再加上裴均人品不好，政绩又不行，在任上没什么作为，反而还要将其调到朝廷任宰相，很是不妥。在白居易的上疏下，舆论顿时对裴均不利，唐宪宗迫于舆论的压力，最终打消了任命裴均为宰相的打算，不得已将裴均改到山南东道去当节度使了。裴均去了地方后，还是不死心，便想方设法讨好唐宪宗，有一次给唐宪宗送了1500两银器。白居易知道后，便又急着上疏，称裴均送银器是有野心的，皇帝不应该接受。唐宪宗听了，心里那个气哦，真想一下把白居易给掐死。

除了向皇帝进谏揭发裴均等节度使的不法行为外，白居易还对宦官的乱政行为加以进谏。由于唐宪宗做皇帝，宦官起了很大的作用。因此，唐宪宗对帮助过自己的宦官吐突承璀很是宠爱，除了将手下的御林军让他管理外，还任命吐突承璀作为"处置使"统帅士兵攻打不听话的节度使。白居易立即上疏，反对让太监吐突承璀做统帅，称其名不正言不顺。最后唐宪宗心里不舒服，虽没同意白居易的上疏，但也不得已将"处置使"的名号改为"宣慰使"。

当谏官时，白居易爱直言进谏，不当谏官后，他仍旧不改冒死进谏的"毛病"。元和十年（公元815年）六月，白居易44岁，这时他是太子左赞善大夫——负责劝导太子行为的一个闲官。当时，宰相武元衡和御史中丞裴度遭人暗杀，武元衡当场暴死，裴度也受了重伤。对如此大事，掌权的宦官集团和旧官僚集团居然不急于处理，白居易对此十分气愤，立即上书力主严缉凶手，以肃法纪。白居易的上书激怒了当时的掌权派，他们非但不褒奖白居易热心国事，反而说他抢在谏官之前议论朝政，是一种僭越行为，白居易因此被贬为江州刺史。因为白居易常常进谏攻击其他不法官员，得罪了很大一批人，在他被贬为江州刺史后，有一个叫王涯的人再次落井下石，进谗道：白居易的母亲因为看花掉到井里淹死，但白居易却不孝顺，还乐呵呵地写赏花的诗和关于井的诗，这样有伤孝道的人不配治郡。

于是，白居易又被贬为江州司马。

考试牛人与文艺天才

每年高考后，关于高考状元的新闻遍地开花。一些学校还让文理科状元坐在轿车上、在大街小巷中敲锣打鼓地进行宣传。这样的状元算不上牛，因为比起北宋大文豪苏轼，算小巫见大巫。

公元 1037 年，苏轼出生在四川眉山。他的父亲苏洵是北宋的著名文学家，长于散文，尤擅政论，后来被列入"唐宋八大家"。从这点看，苏轼虽不是"富二代""官二代"，却是"文二代"。苏轼学习上占尽天时、地利、人和：家里殷实，生活不愁；家里藏书多；家里就有一位文豪，不愁没老师。

年少而有才的人，肯定会有入仕的想法，但是在封建时代，文人骚客在入仕前都得先博取点名声。如李白年轻时就去拜访贺知章，将诗歌送给他批评指教。苏轼比李白更幸运，因其父苏洵是文学圈的，要见文坛领袖比较容易。公元1056年，苏洵领着苏轼和小儿子苏辙去了大宋首都汴京，拜访了当时的"文坛一哥"、翰林学士欧阳修。欧阳修很赞赏这三人，对其鼓励一番，还拍着胸脯说有机会定向朝廷推荐。有了欧阳修的赞赏，苏轼父子的名气也大了起来。那年，19岁的苏轼参加了科举考试，第二年又参加了礼部的考试并以一篇《刑赏忠厚之至论》获得主考官欧阳修的赏识。但当时考试的卷子是密封的，欧阳修误认为文章是弟子曾巩所作，为避嫌，最终苏轼只得了第二（这有一定可信度，毕竟欧阳修与苏轼认识不久，即使赏识他，也不可能一下就猜到写好文章的是苏轼）。公元1061年，苏轼参加中制科考试，即"三年京察"，入第三等，为"百年第一"。这可不得了，苏轼的考试成绩不仅是北宋当年的全国第一，还是宋自开国100年来的第一，打破了历史纪录。他被朝廷授大理评事、签书凤翔府判官之职。正想在官场大展宏图，他的母亲却病故，苏轼只好回家尽孝。

公元1069年，苏轼服丧期满还朝，仍被授予原来官职，但朝廷已不是他当年所见的"平和世界"了。

他的许多师友，包括欧阳修在内，因在新法上与新任宰相王安石政见不合，被迫离京。苏轼对此十分恼火，常发牢骚，还批评王安石的新政。他的言行得罪了当权派，他被调到杭州任通判。苏轼在杭州待了3年后被调往密州、徐州、湖州等地任知州，政绩显赫，深得民心。公元1079年，42岁的苏轼到湖州上任，不到三个月就因作诗讽刺新法，以"文字毁谤君相"的罪名入狱，史称"乌台诗案"。后来，他被友人所救，免于牢狱之灾。

宋哲宗即位后，高太后以哲宗年幼为名，临朝听政，司马光重新被起用为相，以王安石为首的新党被打压。苏轼被哲宗召回朝廷，任礼部郎中，干了半个月又被升为起居舍人，不久又升至翰林学士知制诰，之后因对新旧两党态度的模棱两可，官职也有升有降。他相继任过杭州太守兼浙江铃辖（军区司令）、吏部尚书、颍州太守、兵部尚书、礼部尚书等职。

或许，正因为官职不断变更，任职地点不断变化，再加上苏轼卓越的文学艺术天赋，他才取得了前所未有的成就：比诗歌，他的诗清新豪健，善用夸张、比喻，艺术表现独具风格，与黄庭坚并称"苏黄"；比词，苏轼的词豪放奔腾，影响后世，与辛弃疾并称

"苏辛";比书法,苏轼的行书、楷书,自创新意,用笔丰腴跌宕,有天真烂漫之趣,与黄庭坚、米芾、蔡襄并称为"宋四家";比画,苏轼的画主张神似,提倡"士人画",在北宋开辟一派先河,堪称画坛顶级高手。

这世间唯一还算公平的就是,不管是皇帝,还是天才,都要面对死亡。公元1101年,66岁的苏轼去世了。一代天才就像流星,虽在空中划过一刹那,但注定是永恒。

杯酒释兵权

宋太祖赵匡胤经过陈桥兵变后，当上了人人羡慕的皇帝。可是，他晚上常常睡不着啊，总想着自己的部下，要是哪天也学习自己"黄袍加身"，夺了自己的皇位，到时别说钱、女人没了，自己连命都没了。

就这样，不知折腾了多少个夜晚，赵匡胤终于忍无可忍，决定有必要和几个当年的兄弟把事儿挑明，因为再拖下去不仅折磨自己，还怕夜长梦多，后果不堪设想。第二天，赵匡胤在退朝之后，招呼四个禁军将领留下，对他们说："兄弟们，我们好久没一起聚聚了，走，去我的后花园喝酒。"

于是，几个大将屁颠屁颠地跟着赵匡胤，来到宫内的房间端起酒杯，放开喝酒。几个将领心里想："还是老大好啊，没有忘记我们当年的功劳，其他大臣可没这个待遇。"越想越自豪，越骄傲。大家在酒席上又吃鸡腿，又咬猪蹄，又扯牛肉，个个吃得不亦乐乎，有的甚至还唱起了祝酒歌。

酒喝到半酣，众人见赵匡胤愁眉苦脸，似乎有什么心事。身为禁军将领之首的石守信就开始问了："大哥，现在我们兄弟有酒喝，有肉吃，还有天下，你为啥还不高兴呢？"

"现在天下也太平，江山也稳当了，大哥，您该高兴才是哦。"高怀德也说道。

"就是，就是。"张令铎和王审琦也积极附和。

"兄弟们啊，你们有所不知，我当皇帝一年半以来，就没睡过一次安稳觉啊。"赵匡胤坦言道。

"大哥，说这话就是你不对了，你身为皇帝，天下都是你的，还有什么不高兴的呢？"高怀德有些纳闷地问。

"唉，兄弟们，实话实说，我有今天，全靠哥儿几个当年的帮助和支持。可是这皇帝不好当啊，时时都担惊受怕，要是再来一次'黄袍加身'，你们说这能让人不担忧吗？"赵匡胤显得有些苦闷。

正拿着酒杯准备一饮而尽的几个人听到这话，手中的酒杯掉在了地上，他们呆了一秒钟后，立即知趣地跪下哭诉道："皇上，我们个个对您忠心耿耿，赤胆忠心，全都拥护您，可没有一点私心。"

"唉，各位兄弟啊，我知道你们都是拥护我的，可是你们能保证你们的手下也这么想吗？要是哪天他们也给你们披上一身黄袍，你们又会怎么办？"赵匡胤说完这话后，四个禁军将领吓呆了。鸿门宴的场景顿时出现在他们的脑海中，大家心里琢磨，"这可比鸿门宴严重多了，鸿门宴只杀一个刘邦，这可是杀四个啊！"

沉默几秒钟后，张令铎壮着胆子，小心翼翼地问道："皇上，我们的脑袋愚笨，面对这种情况，不知道如何处理，您给提醒提醒吧。"

"那，那，那我就建议建议吧。人生不过是追求'富贵'二字，所谓'富贵'不就是钱和女人嘛！要不，你们交出兵权，我调你们去任地方节度使。那里天高皇帝远，你们无拘无束，享尽荣华富贵，还能遇到几个漂亮的村姑，你们看如何？"赵匡胤斜着眼睛看了看几个兄弟。

几位兄弟听到这话，心都凉了半截，但深知事已至此，只好顺水推舟，大声称谢道："皇上圣明。"

于是，第二天上朝的时候，几兄弟就像早就商量好的一样，来到殿上，向皇帝递交了"辞职书"。宋太祖赵匡胤心里暗暗一喜："搞定。"随即大笔一挥，爽快地批准了他们的"辞职申请"。

一场本可能发生的流血冲突，就这么被赵匡胤给解决了。之后，他为了加固自己的权力，抚平石守信几位兄弟受伤的心灵，还与他们其中几家成了亲家。比如，他把大女儿许配给了王审琦的儿子，把二女儿许配给了石守信的儿子，他的妹妹嫁给了高怀德做妻子，并让自己的弟弟娶了张令铎的女儿。

这样一来，他认为大家不仅是感情深厚的兄弟，还是联姻的亲戚了。至此，赵匡胤觉得自己的政权稳定了，天下太平了，之后他腿也不抽筋了，脑壳也不痛了，睡觉也踏实了，身体倍儿棒，吃饭喷喷香了。

王莽其实是个改革家

在世人的眼里，王莽是一个阴谋家，篡夺了大汉天下，罪不可赦。但是抛开偏见不谈，历史上真实的王莽却是一个有抱负的皇帝，而且还是一个改革家。

当上皇帝后的王莽，从内心深处还是希望社会秩序井然不乱，天下太平，于是启动了一轮大规模的改革。是的，在他之前的商鞅，通过自己的智慧和谋略，辅佐秦孝公对秦国进行了大刀阔斧的改革，最终使得秦国异常强大，为其后来吞并六国、称霸天下、笑傲群雄，打下了坚实的基础。

既然我们的商鞅前辈都已做好了榜样，王莽这个有点文化的皇帝，肯定不会这么笨，他得学习学习。当时的王莽分析：自己以前是强臣，但却没有条件改革。而现在已贵为天子，对于改革，便有了更多的权力和魄力。

万事俱备，只欠勇气。

酝酿许久的改革计划，在王莽的心中发酵。想改革，就得先有一个新气象。基本上每一个朝代，除了改变国号外，还会改变官制。当然，王莽并不知道以后的朝代，也不知道他们的官制。但是，他可以参照秦汉的官制或者夏商周的官制，以此作为更新和改变。

据《汉书》《后汉书》等史料记载，王莽首先在政治方面进行了改革，他根据儒家经典，将一大批政府机构和官职改换名称。如在中央官职中，大司农更名为羲和，后改为纳言；改大理为作士，太常为秩宗，大鸿胪为典乐，少府为共工，水衡都尉为予虞，光禄勋为司中，太仆为太御，卫尉为太卫，执金吾为奋武，中尉为军正。地方官职的名称也多有改动：将太守改为大尹（或卒正、连率）、都尉改为太尉、县令（长）改为宰，等等。此外，王莽还增加了许多新的官职，如在中央新置大司马司允、大司徒司直、大司空司若，列于九卿；置大赘官执掌舆服御物，后又典兵，位上卿；设司恭、司从、司明、司聪、司睿等五大夫；在地方，州置牧副，部置监副，等等。以此类推，王莽几乎将所有百官、郡县都改了名，这些职位都有了新的称呼，整个王朝也有了"辞旧迎新"的场面。

其次，王莽还将改革力度深入到了经济领域。首先便是土地。由于王莽是孔子的超级粉丝，算得上儒家学派的忠实信徒，因此在改革时，王莽大多遵从《周礼》，信奉周朝制度。王莽对土地进行了重新分配，恢复了井田制，实行王田制，也就是说天下的田地都改为王田，收为国有，期望平均社会财富。虽然这一点看上去很美，所有的土地都成了王田，但也导致了两个问题：一是，一般地主的土地被没收了，土地的性质改变了，这就损害了既得利益者的利益。二是，虽然田地改为王田，看似是属于国有，但是农民却没有得到一丁点实惠，佃户依旧是佃户，长工依旧是长工。另外，王莽还下令将盐、铁、酒、山林川泽收归国有，统一由国家调配。同时，还废除了奴隶制度，并禁止买卖。

在币制方面，王莽也进行了四次改革，刀币和布币都在改革中恢复，但在形态上与春秋战国时的并不相同。另外，建立贷款制度。百姓因丧葬或祭祀需要，可以向政府贷款，只需归还本金，不收利息。如果因从事农业、商业生产向政府贷款的，政府收取纯利润的十分之一作为利息。政府干预经济。由政府控制物价，防止商人操纵市场。日用品在供过于求时由政府照成本购买，反之则由政府卖出，防止物价上涨。

另外，王莽还在教育、祭祀、法律、音乐、建筑、历法、度量衡、车辆制作等方面也有革新措施。其中，最有效的便是朝廷做新嘉量以统一容积。这大大方便了市场交易，对经济的发展有一定的促进作用。

尽管王莽在政治、经济等方面都做过了努力，也进行了大刀阔斧的改革，但是还是没能解决社会危机，最终以失败告终。笔者认为，失败的主要原因是由于他脱离实际，触动了豪强地主、富商大贾乃至一部分官僚的既得利益，从而导致"政令不畅"，因此优惠政策并没有落到实处，这也就导致了广大下层百姓享受不到具体的福利，使社会矛盾日益尖锐。另外，连年持续的自然灾害，什么瘟疫、蝗灾、黄河决口等不断发生，也为王莽的改革造成了巨大的阻力。看来，王莽是生不逢时，改革不遇好机遇呢。

虽然王莽的改革失败了，但总算为后来的刘秀提供了前车之鉴。刘秀掌政后，知道开国之初国力有限，百姓贫困经不起折腾，改革无疑是一项风险极大的运动，因此便放弃了儒家治国的理念，从而尊崇道家的柔道治天下，以"无为"而"有为"，从而奠定了稳定的社会根基，为后来东汉的强盛打下了坚实的基础。因此，王莽的改革虽然失败了，但也为后来者留下了一笔不可磨灭的经验和财富。

赵括并非纸上谈兵

提到成语"纸上谈兵"，很多人会想到长平之战中的赵括。很多历史书上写，他率领的四十余万赵国士兵在长平被白起全部坑埋。这场战争的"最佳男配角"赵括，真的是纸上谈兵吗？我看，不是！

长平之战前夕，赵军在廉颇指挥下对抗秦军，两三次主动攻打对方，但次次失败。廉颇毕竟是老将，知道硬打不行，干脆和秦军打消耗战，着力防守。不管秦军如何挑衅，赵军就是不出战。如此一来，可急坏了当时指挥战斗的秦军将领王龁和后方的秦王。于是，聪明绝顶的丞相范雎献上了离间之计。这一计谋不少人用过，王允离间吕布杀了董卓，陈平也给汉王刘邦献了此计，赶走了项羽的第一谋士范增。这不，范雎通过离间廉颇和赵王，让赵王临时换将，换上了赵括。据史料记载，赵括当时在赵国是响当当的军事理论家。当赵王决定换赵括为将时，赵括的母亲冒死进谏，称自己才二十多岁的儿子没有将才之能，请求赵王不要任他为将；若任其为将，就得取消家人连坐之罪。其实，这都是赵括和母亲联手演的好戏，毕竟胜败难料，他们得给自己留条后路：赵括若胜了皆大欢喜，若败了至少也不会灭族。赵王不知是计，同意了赵母不连坐的请求。赵括还在临行前不断向赵王要赏赐，不是为了发财，而是为了打消赵王的顾虑。后来，王翦率领秦国 60 万大军攻打楚国时也学了赵括这一招。

一切准备就绪，赵括带兵上了战场。离间计成功后，秦国就悄悄用白起换了王龁，赵括却不知情。赵括认为若遇上白起，胜负各占一半；若与王龁对战，自己胜数极大。赵括万万没想到自己的敌人是白起，否则他也不会孤军深入，直捣敌窝。

当时赵军将领大多数是廉颇的手下，他们对这个年轻小伙子很不服。赵括杀了 8 名廉颇的旧将才算收复了军心。此后，秦军上万军队前来挑衅，赵括亲率大军将其杀得片甲不留。赵括哪里知道，这是白起用的一支敢死队，就是为了吸引赵军主力。打了胜仗的赵括觉得王龁这厮真不行，他到那时都不知道秦军主帅是白起，于是信心满满地亲率 45 万大军直接杀向秦军，让剩下的 5 万人由冯亭统领留在后方保护辎重、运输粮食。这时的秦军在白起的指挥下，竟然用 50 万大军进行全歼包围。这违背了《孙子兵法》的"用兵之法，十则围之，五则攻之，倍则分之，敌则能战之，少则能逃之，不若则能避之"。与敌军人数相当，白起竟敢采取包围战术，他还用了一计：派两万五千人绕道进攻赵军后方，截断赵军与邯郸大本营的联系；再派五千人马直杀赵括后方粮草大营。如此一来，赵括是有兵无粮，冯亭是有粮无兵，而邯郸赵王是粮少兵少，有心无力。

做好一切准备后，白起率军攻击赵括一军，双方不分胜负。由于白起分了几万人出去，面对赵括的 45 万大军一时占不到优势，白起开始学习廉颇打起消耗战。赵括无粮只能速战。正当赵括军队筋疲力尽之时，白起突然下令，以饱食之兵勇猛进攻，赵军开始溃败。但是赵括毕竟是军事家，他很快回过神来并披挂上阵和秦军士兵进行肉搏战，许多赵军看主帅上阵纷纷来了勇气。

此次肉搏，赵军死了近 25 万人，而秦军也拼死

20万人。正当战斗进行到白热化时，秦昭襄王给各国打招呼，警告他国不要掺和，同时将秦国15岁以上的壮丁都拉来支援白起。他派兵截了从邯郸运往长平的粮草，又派司马错全歼冯亭的5万人。此时赵括输的不是自己而是全局，外援丧失，内无粮食，除了死战，别无他法。这个二十多岁的军事天才非常不幸，第一次战斗就遇到了"天下第一名将"白起，怎能不败呢？但赵括不是孬种，他在长平之战中与白起的军队对垒了46天，其间他们没有粮食。在这样恶劣的情况下，赵括坚持46天最后拼死在了战场上，你能说他真是纸上谈兵吗？

　　主将死去，军队溃散，剩下的20万士兵只得投降，加之上党等地投降的军民共计40万人。白起下一道血令：杀！赵括从此只能背上"纸上谈兵"的臭名声，其实他是多么冤枉，试问又有哪一位将军打赢过白起？

由孟郊引发的随想

阅读唐诗，会发现许多有趣的现象。譬如，全唐诗约 5 万首，诗人 2200 余个，不是每一个都能给人留下深刻的印象和感触，但孟郊是其中一位。研究孟郊，就发现他就像唐朝诗坛的蝴蝶，扑扇一下翅膀，就产生了特别的效应。

提到孟郊，自然会想起他写过的那首非常有名的诗："慈母手中线，游子身上衣。临行密密缝，意恐迟迟归。"这首诗传扬至今，盛名四方。年轻时，孟郊去和州（安徽省马鞍市）拜访了另外一个诗人，名叫张籍。张籍是谁呢，有一首诗介绍了他。"天街小雨润如酥，草色遥看近却无。最是一年春好处，绝胜烟柳满皇都。"诗名叫《早春呈水部张十八员外（其一）》，张十八就是张籍，孟郊拜访张籍，两人见面相谈甚欢，结为好友。张籍随后就把自己的老师韩愈介绍给了孟郊。韩愈是谁呢，唐宋八大家之首，很牛的文坛大咖。韩愈当过吏部侍郎。韩愈有三多：第一多，自荐信写得特别多。《古文观止》里面收录了他五篇自荐信，比如《后十九日复上宰相书》《与陈给事书》《与于襄阳书》，等等。第二多是文章写得多。第三多就是朋友多。比如柳宗元、白居易、张籍等，均是他的好友。

没过多久，孟郊参加进士考试，考官就是韩愈。屡考不中的孟郊，这次终于时来运转，金榜题名。此时他已经46岁。孟郊掩饰不住内心的喜悦，在长安城花天酒地。兴致之余，他写下了一首著名的诗句："昔日龌龊不足夸，今朝放荡思无涯。春风得意马蹄疾，一日看尽长安花。"此事被圈内大力传播，名声大噪，一点不亚于当时白居易的《长恨歌》。

中了进士后，孟郊与韩愈来往渐多，接着又认识了唐朝诗人白居易。白居易比孟郊幸运，16岁就写了："离离原上草，一岁一枯荣。野火烧不尽，春风吹又生。"因为这首诗，他得到了大诗人顾况的赏识，才有了"长安米贵，居大不易"的典故。白居易和铁杆哥们儿元稹，都追过同一个才女薛涛，薛涛漂亮得很，会写诗，还会写材料，人称女校书。白居易虽然有才，但没元稹帅，因此并不受薛涛喜欢。于是，元稹和薛涛成双成对，也传下一段绯闻，一段佳话。

再回到孟郊。孟郊考上进士，与张籍称兄道弟，和韦应物吟诗对饮，与韩愈、白居易也常切磋一二。本以为可以春风得意马蹄疾，最差能混个县令。哪知道只安排了一个县尉。官虽小，孟郊也没办法，只得去任职。这个地方很远，在江苏溧阳。也就是今天的江苏常州市下面一个县。孟郊去了后，心里有落差。就职后又常常不上班，经常旷工。县令没办法，就找了一个人代他。孟郊也乐得清闲，便把工资的一半分给了这个代管的人。虽然心比天高，但朝廷没人，和韩愈深交不够，再加上缺乏经济实力，孟郊升职一直无望，便将心思用在了写作上，名声也更加显扬起来。他和贾岛两个人，同病相怜，诗名盛传，被称为大唐苦吟诗人双子星。贾岛为什么苦吟呢？因为他一直考不上进士，只当了长江（今四川蓬溪）主簿，比孟郊的职位还低。贾岛这个人不仅苦吟，还喜欢斟酌，也就是推敲。比如，他曾经去拜访一个名叫李凝的朋友，写过一首诗："闲居少邻并，草径入荒园。鸟宿池边树，僧敲月下门。过桥分野色，移石动云根。"其中那个敲字，其实最开始是推。后来被贾岛又改成了敲。

贾岛为什么苦吟，估计原因是他得罪了两个人：一个是京兆尹刘栖楚，当时贾岛骑着毛驴把刘京官的轿子撞了。更通俗一点就是，贾岛的"捷达"车把京城长安一把手的"奥迪"车给撞了，发生了交通摩擦。贾岛还得罪了另外一个人，这个人就是皇帝武宗。当时他在定水精舍，无意间碰见了大唐皇帝，那个时候没有电视台，贾岛不认识皇帝，语言很轻慢，皇帝听了很惊讶，之后他就被贬，更郁郁不得志了。

困顿的经历，抑郁的诗风，孟郊和贾岛成了唐朝苦吟诗人最为著名的代表。当然，前面还有他的前辈杜甫、孟浩然等人。这些诗人形成了大唐的一道特殊风景，与王维、张九龄、贺知章、白居易、高适等文坛群星，共同创造出了唐诗的辉煌和鼎盛，灿烂千秋，光照后人。

聊聊翰林那些事儿

提到翰林，许多人会想到李白。李白以诗词闻名，受到皇帝召见，唐玄宗赐其入座并为他调羹。自此，李白进入翰林院，担任翰林供奉一职。那么，翰林到底是什么呢？翰林院又是什么机构？

翰林，顾名思义为文翰之林，用通俗的语言则意为文苑，是聚集文人的一级机构。这个词最早见于汉代著名辞赋家扬雄所写的《长杨赋》，赋中写之："聊因笔墨之成文章，故借翰林以为主人，子墨为客卿以风。"

唐代武德年间，高祖李渊设立由各种艺能之士供职的翰林院，除文学之士外，医卜、方伎、书画，甚至僧道等皆可入选，以待诏于院，史称"翰林初置，杂流并处"。玄宗时，遴选擅长文辞之朝臣入居翰林，起草诏制，翰林院由此演变为草拟诏书的重要机构，任职者称翰林待诏。此前，起草诏制本是丞相府属官"中书舍人"之专职，而玄宗以其草诏需要保密且难应急需，从而挑选擅长文学之亲信官员充待诏，以备草拟急诏，兼有撰写诗文、以颂太平之责。可见，自此翰林摆脱了纯粹文艺的范畴，开始牵涉政治并为国家出力献策。到了开元年间，唐玄宗又下令单独建立翰林学士院，将文学之士从杂流中分出，供职者称翰林学士，简称学士，学士院成为文学之士的专职机构。从此"职清地禁，杂流不入"。李白、白居易等就曾供职于翰林学士院。翰林学士初置时，并无员额限定，后来为了便于管理，便依"中书舍人"之例，置学士六人，翰林供奉若干。到了唐宪宗时，择其中资深者一人为翰林学士承旨统领其他学士。

太平盛世未过多久，不幸遇到了"安史之乱"。在战事频繁之际，翰林学士地位也愈发重要，不但在草诏方面分割中书舍人之权，且在参谋议论方面分割宰相之权。自此文人参政议政的局面全面形成，翰林学士地位也随之提高。到了唐宪宗李纯时期，翰林学士承旨往往会晋升为宰相，成为掌管国家政事的首脑。宪宗之后，翰林学士与中书舍人成为国家的两套智囊机构，其分工日趋明确。翰林学士负责起草任免将相大臣、宣布大赦、号令征伐等有关军国大事的诏制，称内制；而中书舍人则负责起草一般臣僚的任免及例行文告，称外制。二者并称两制，而内制往往重于外制。

宋朝沿袭唐制也设学士院，全称为翰林学士院。这时的翰林学士充当皇帝顾问，而宰相大多从翰林学士中遴选。如大文豪王安石就当过翰林学士，后被选为宰相进行全国改革。而曾当翰林学士的苏东坡因没能当上宰相，还曾经写词颇多自嘲。宋初翰林学士并未规定品级，到宋神宗元丰时期便进行改制，翰林学士遂成为正式官职，为正三品，不任他职，专司内制，例加知制诰衔。宋朝又学习唐朝方法，另设专掌方术技艺等供奉之事的翰林院，以此对翰林进行专门的区别分流。

元朝设翰林兼国史院及蒙古翰林院，专职分掌制诰文字、纂修国史及译写文字，此时翰林则成为纯粹的文艺人士，翰林院成为闲职机构。明代翰林院成为外朝官署，专门纂修先朝实录、记注起居、管理六曹章奏较内书、文华殿展书、诰敕撰文等，并规定科举考试一甲进士三人可直接入翰林之制，状元授修撰（从六品），榜眼、探花授编修（正七品）；还创立庶吉士制度。庶吉士因曾就学于翰林院，世人对不能留馆之庶吉士也以翰林视之。

清基本沿袭明朝制度，又进行略微改善。如翰林院中设立掌院学士两人，满、汉各一人，从二品，是侍读学士以下诸官之长，其他翰林官设置多因命制。而自康熙时起，掌院学士历由殿阁大学士兼领，地位更加突出。按清制，翰林官不仅升迁较他官为易，且南书房行走及上书房行走按例由翰林官为之。凡科举考试中，秀才、举人、进士三级人才机制中，最后一关还有殿试并选拔翰林。如清朝两百余年，四川渠县考上进士 12 人，在殿试选拔中，被定为翰林庶吉士者却不到十人，可想其难度。

曾经，翰林院成为培育高级文官的摇篮，也是培养高层次学者的聚居地，翰林的影响延伸到各个领域，不可争议地发挥着其巨大的影响力。